我把什麼都 告訴你，除了 喜歡你

We Are No Better

知寒

suncolor 三采文化

後來，我們在最近的距離，

卻反而離對方最遠。

目錄

03

可是 |

01
開始

在我

說出口以前,

你可以

假裝不知道

有些話我也知道
說了沒用

可是說了
我好像才能繼續活著

「我很想你」

我 想你了，

可是 你

想 知道 嗎？

我很常、很常想念你。
　　吃飯的時候、聽歌的時候、看書的時候、
　　睡不著的時候、一個人的時候。

　　　　　　想像著你在做些什麼、想些什麼，
　　　　　　　　心情是開心或不開心，是一個人或是有人陪著。
　　　　　　想念是想多了解你一點，
　　　　　　是想你也能多和我分享你的生活，
　　　　　　　　　是願意看見、願意陪伴更多的你。

「朋友」的身分有時像是一條界線，所有的話語或動作在被開口、實現以前，我自己會，也得一次次篩選，什麼是能說的，又有什麼是不該說的；什麼是能做的，又有什麼是不該做的。

在還沒確認你的心意以前，太努力地靠近都是一種逾越。

但有時又會覺得「朋友」關係是一種保護，不小心開口了一些曖昧的話，或許作為一次試探，想看看你的態度，卻好像看見、讀懂了你的為難。我就先開玩笑地說，我們不是好朋友嗎？要你別想太多，說我不是那個意思。

有時候我甚至不知道，那些台階是我要給你的，還是給我自己的，好像每每好不容易要接近答案時，我卻一次次地先選擇了放棄。

好像不解開那道題、不去好奇你的心意，你就真的會永遠都在那裡。

我那麼想要靠近，成為更親密的關係，得以擁有適合的立場去訴說想念與喜歡，卻又那樣害怕著丟失現在所擁有的。

我不知道自己是不是真的願意、願意拿如今穩定的友情去賭那份不確定。如果再怎麼樣去選擇都還是會有遺憾，我不知道自己是不是還能勇敢。

偶爾貪心地埋怨起你，如果你也讓我知道你的明確，我又何必這樣猜測、這樣忐忑？可認真細想，如果知道了你不會愛我，我真的就能捨得放下嗎？

或許是我刻意不問，你順勢不說；或許是我故意看不懂，你也不去戳破。

至少還能這樣愛著、想念著。夠了、夠了，我告訴自己。

「你可以多依賴我一點喔。」

有時候我希望你可以稍微自私一點點，不要那麼溫柔地害怕造成我的困擾，可以放心地多依賴我一些。

其實你想像的、以為是困擾的傾訴，對我來說反而是被信賴的感覺。能幫助、能傾聽自己在乎的人，是很幸福、很幸福的事呀。

人嘛，其實都是依靠這些微小的連結、溫暖，才可以這樣繼續生活著的喔。

暫時沒有在變好的路上也沒關係喔。能夠陪你一起慢慢變好，是很好、也是我很願意的事，就算是暫時停了下來，我也會在這裡等待的。像你陪伴過我的那樣，我也會陪你呀。

所以慢慢來、慢慢來，沒關係。

我 可以
抱抱你 嗎？

兩個人的感情
　　時常無可避免地會隨著時間的推移，
　而變得越來越貼近現實，
　　　熱戀時那種「只要我們相愛就好」的炙熱、
　　　　或可說是階段性的盲目，
　　慢慢地會被日常相處時各種磨難所取代。

　　　　　在更了解對方的同時，
　　　　　　也會開始累積著一些無法開口的話，
　　　　　並不一定是屬於自己的祕密，
　　　　　　而是為了避免爭吵、為了相處的融洽、
　　　　　　　　為了不希望讓對方多想才決定不說的話。

心裡理解「溝通」在關係裡的重要性，可是有些情緒、想法卻總還是情願藏著。

設想與對方討論時會出現的對話、場面，而後清楚即使溝通結束的當下或許能用擁抱來做一個溫馨的結尾，口中能說著「沒事了」、「想明白了」。

自己心裡的結卻還會在那存在著，那些事只能靠自己想通，說也沒用。

最苦的理由不是因為「不愛了」，卻是因為明明是愛著的、還愛著的，浮動的心卻不能因著當下所擁有的幸福感而感受到足夠的安穩。反而想像著兩人間未來可能出現的問題，也懷疑著這樣的自己是否值得被愛。為明明被愛、應該要快樂的這個自己所感受到的不安而覺得羞愧、丟臉。

要怎麼和你訴說才好呢？

我怕我到了你面前、看著你的臉，組織不好那些想說的、該說的話，眼淚就會先流下來。

我也不想這樣的，我是愛你的，也想和你一起過上好久好久的生活，可我不能停止我的不安，

但凡被愛、得到了什麼，我總變得貪心、變得那麼害怕失去。

這樣的我，真的可以嗎？這樣的我，還值得你愛嗎？

這樣的我，還可以抱抱你嗎？

我 對你　來說，

也　有點　不同嗎？

雖然總告訴自己別想太多、順其自然，
　　可是每每在一個人的時候，
　　忍不住細細端詳著我們相處的點滴，
　　　　偷偷比較著你對我和對其他人的差別。

　　　　　有那麼些時候你願意讓我走得比較近，
　　我總不免會想，
　　那會不會、又或是可不可以是愛的輪廓？
　　　　那麼一點點的希望總固執地亮著，
　　　　　　就算只是微微的也讓我感到開心。

儘管我並不能清楚地辨明，那真的是你願意給我的，或只是我想像裡的拼湊。

第一次這麼喜歡一個人，第一次這麼小心翼翼，包裝自己的話語、模樣與心意。若是可以，只想給你最好的自己，若是可以，要對你無可救藥地珍惜。

也有幾次想要掩飾太過明顯的感情，居然著急地把喜歡說成毫不在意。開口了以後明明心裡後悔地不行，默默注意你的反應，卻還得裝作鎮定。

腦中瞬間轉過幾萬個道歉或解釋的句型，想要私底下再對你說明、還怕太刻意。

喜歡你、很喜歡你，讓我變得好不像自己。
因為你而變得緊張、焦躁、擔心、不安；可也因為你感到幸福、開心、期待、滿足。

我捨不得討厭這樣患得患失的自己，因為那個人是你。

但維持相同的關係、距離久了，告訴自己當下的親近已經足夠了的同時，也好像無可避免地壓抑、害怕著自己貪心，想再更進一步卻不知道你是不是也這樣想，會不會你在最開始就決定了那個答案？

你是期待著我的勇敢呢？或你只是希望我能知足呢？

我害怕認真去想這樣的問題，怕自己悲觀地因為最後的結果，就要否定與你一路以來的累積、與自己那永遠無法被取代、替換的心意。

我也想過如果一輩子就這樣，我們就當一輩子的好朋友，好像、好像也不是不可以。

在彼此都單身的時候能相互傾聽，分享也分擔著各自生活裡的苦甜，可以有一點親密、有一點曖昧，就那麼一點，我也覺得

自己或許、或許就心甘情願。

太在乎了，所以選擇勇敢或不勇敢，都害怕會讓自己後悔。

多希望如果你也喜歡我，如果你也在意我的難受與否，你可不可以明白地讓我知道，我對你來說也同樣與眾不同？

「能和你說晚安的人裡，
　　　　我是特別的嗎？」

或許是自己的一點小心機，在你沒有表現出你的不喜歡以前，其實我不介意都是我主動開啟話題。每一天篩選值得分享的生活給你，維持適當的距離、給你適當的關心、問你適當的問題、對你適當地好奇。

悄悄地像是養成一種習慣，只是這種習慣裡有我、有你，不一定每一天的聊天都很有趣、都被記得，但是像這樣一天一天地累積，你總會對我多一點熟悉。我不需要你一天裡很多的時間，但我需要你很多個一天裡相近的時間。

因此你不會覺得厭煩，那些微小的累積就不算是強求。
或許你也不覺得和我說說話是必要的，不認為那是你非得完成的事情，可是不那麼做的話，又會覺得好像怪怪的。

幾次我比較忙、或是真的很累的時候，你居然也會主動先傳來訊息。不確定是不是你找不到其他人可以聊天，不確定你的主動可以是什麼意義，不敢多想那會是怎樣的心意，可是我好開心、好開心。

那是我生活裡為數不多的驚喜、也或許是我努力過後的小小幸運，是你、都是你。要說心裡沒有半點期待那都是假的，如果對愛的人沒有貪心，那會是愛嗎？
我不知道，但我想愛你、我想我愛你。

你不要太仔細聽，你不要太仔細聽。
有時候我說的晚安，其實說的是我想你；有時候我說的晚安，其實說的是我愛你。

一個人　　守著

曾經　的　幸福，

　　好累。

想起以前幾次你忘了自己說過的話，
　　　說不上是承諾那麼嚴肅認真的詞彙，
　　是日常裡偶爾你答應我的小小願望，
　　　　花時間陪我、帶我去哪裡走走、
　　　　　　記得我喜歡、我討厭的東西等等。

　　　　你沒能為我實現，我試著去提及，
　　　也並不是刻意想去要求、去爭取，
　　　　　　只是希望你多在乎我一點，
　　　　　你卻總是有其他更多、更重要的事得忙，
　　　　越來越容易不耐煩，而我總是排在那些順位的最後一個。

我的記得到後來都像是對你的為難，但你的做不到，都只是你的不願意。

有那麼一段時間，我覺得自己過得像一個謊言，經歷過的不一定都有被記得的必要，而我得照著你願意記得的版本記得，像你一樣忽略那些你認為不重要的事情。

所以我得忽略我自己，忽略我的委屈、我的討好、我的難受。

我斂收了太多的自我，努力地扮演著成熟溫柔，就連自尊和眼淚也那麼用力藏好。可是我這樣做了，我都這樣做了，照著你的意思成為你比較想要的那個我了，最後你還是不愛我了。

知道不公平卻還是那樣期待能被你疼愛，知道不應該卻還是那樣扭曲著自己的我，或許是因為我都對自己這麼殘忍了，才更渴望你的回應。

哪怕只是一點也好，在自己把自己弄得那麼糟的時候，指望著的也不過是你的認可。

我的生活裡遲疑的、不能確定的事太多了，我的當下或迷茫、混濁的未來都讓我不安，或許是因為這樣，我更想要對你堅定，而那樣的堅定甚至可以是不顧一切，對你的愛是我唯一能確定、能堅持的事情。

愛是這麼容易毀掉一個人的東西，那樣的改變甚至不是誰去主動要求的，只是因為太在乎了、也太想被在乎了。

我是那麼希望你可以是我的救贖和安穩，結果，你好像只是另一個更暗更暗的深淵。

你　愛過　我，

我　知道。

　　　說不清楚是在哪些地方察覺變化，
　　或許你很努力想要裝作像過去一樣，
　　　　一樣聊天、一樣牽手、一樣擁抱。
　　　　　　明明是重複著這些平凡不過的日常，
　　　我卻感覺不到往常那種被愛著的踏實感。

　　　　　　心像被懸在空中、找不到著地點的焦躁。
　　　應該要像以前一樣覺得快樂、幸福的，
　　　　　　開始累積的反而是那些猜忌、懷疑與不安。

　　　　　　　　　　　　　　# 你裝作沒事
　　　　　　　　　　　　　　# 我選擇相信

確認過自己的心意還是向著你以後，接著的是對自己、對關係的近況審視，是不是我的哪個壞習慣又不小心惹你生氣，又或是最近我會不會讓你覺得不被關心。

「你會不會沒那麼愛我了？」的這個念頭，一而再、再而三地浮起，而後被自己壓下，努力想說服自己的樣子或許好笑得可以。

「沒事的、不會的，一定有別的原因。」越想笑著告訴自己這些話、尋找著理由，眼淚越是忍不住地一直往下掉。

「你最近……沒發生什麼事吧？都還好嗎？」旁敲側擊地想得到一個比較明確的答案。你刻意、焦急想粉飾太平的模樣很笨拙。可我沒戳破，我選擇相信、只能相信。

你裝作沒事，或許是想找個適合的時間點告訴我；我裝作沒事，是因為我並不知道自己還能做些什麼。

我怕我多做多錯，更怕自己一不小心、一不小心就看太清楚你已經不愛我。

我是真的那麼希望我們沒事，那麼期待關於你的不愛都是我的錯覺，所以你最後會抱著我、安慰我是我想太多。所以我會和你道歉、也說謝謝你還在，我是真的這麼希望著。

但是我的心想從來沒有事成，事與願違的總是我的人生。

你沒對我說的，只是還沒對我說。
你不愛我了，我知道的、我早知道的。

以為早就看見最後的結果，等到真的確認時不會那麼難受的，像把痛楚提前分攤給了前面的日子，可原來那些練習一點用也沒有。

親自從你那裡得到答案的時候，心還是痛得快要不能呼吸了。

我們　之間，

沒有　變好的　　可能了。

記不起是哪件事情讓自己看清的，
　　印象裡並不是真的被踩到底線的大事，
　　　　只是那段時間裡累積、壓抑了的許多情緒，
　　　隨著日常裡微小的不安或不滿引爆開來。

　　　　　突然、突然就看見了那樣的自己過得多糟，
　　　為了被愛、為了被在乎，多努力、多委屈，
　　　　就算用足了兩百分的心力去討好、改變，
　　　　　　你還是離得越來越遠，
　　　　　　　　　像是看都看不見我做的那些。

或許是我根本搞錯方向了，我那麼用力讓你感受到我的好、讓你知道身邊的這個我是多麼愛你，卻不過只是讓你越覺得愧疚而已，所以我越努力，你才越想逃避。

我不想要那樣的，我不是為了讓你難受才去愛你的，可是當時我也不知道還能做些什麼了。

慢慢冷淡了的關係，我總以為只要自己還有足夠熱烈的心意，就還能讓你覺得溫暖、還能讓我們回到對的軌道上。

「我做錯什麼了嗎？」我一直沒敢問你這個問題，怕你覺得我在為難你，怕你覺得我在怪你。

後來的我有好多話都不敢對你說，在開口以前、在訊息傳出去以前，我先替你決定了那些都像是多餘的東西。我覺得你不會想聽的，包括想念、包括愛，一次次地，我都自覺地不去說了。

到最後，竟也覺得沉默像是另一種寧靜，我們之間什麼也沒發生，像是件好事。我們什麼話都不去說，就不會走到結尾。

可是自欺欺人終究還是有極限的，你忍受著那樣破碎不堪卻裝作完整的我們，我原本以為我也可以，可我真的做不好。

我是始終抱著期待的人啊，我做不到和你一樣冷漠對待而不受傷害，我愛你、我還愛你，就算我多不想承認。

意識到我們之間真的沒有變好的可能了，那個瞬間覺得好像一切都無所謂了，終於我願意去承認原來早就沒有我們了。在你決定不愛我以後，一直都只是我一個人在死撐著。

其實結局早就被你決定好了，我只是那麼努力地拖著故事情節，讓結局來得慢一點、再慢一點，還以為自己真的有機會去改變。

「我不想和你分開，
　　　我明明還愛著你的。」

聽見你說「對不起」的時候，其實比起像被辜負的生氣，更多的
是不知所措的傷心。腦中還在努力弄清楚發生了什麼，眼淚就已
經先掉下來了。

看著自己還那樣愛著的你，臉上是沮喪、愧疚、失落，眼神是逃
避。我們明明好像都傷心的，可是你和我的傷心，已經是好不一
樣的事情。

並不是想說誰的難過比誰來得高級，不是因為覺得自己為你而傷
心著，你就沒有了傷心的資格。只是在那樣的當下，真的無法設
身處地地去嘗試理解你，無法那麼理性地接受你的理由或藉口。

反覆想著的都是足夠純粹、簡單的問題：
「如果你的傷心也是真的，如果你明明也這麼難受，為什麼我們

得分開？為什麼我們最後只能這樣互相傷害？」

你說你也不知道為什麼，不知道為什麼日子過著過著愛就淡了，你說你努力想找回以前的感覺、你說你真的努力過的，你說對不起、你不愛我了。

我還能說什麼呢？我該怪你嗎？應該要的，可是你努力過了、你已經先說了，那是我無法驗證的事啊，我只能相信。
就像你說你不愛我了，你也從來沒打算給我選擇的機會，你告訴我結果、告訴我過程，要我接受、我只能接受。

多努力想試著理解離開的你，就好像得為那樣的離開傷多深的心，我明明還愛你的，很愛、很愛。

我　不敢　　對誰說，

我　好像

還是　　放不下　你。

　　我自己也分不清楚，
　　　「放下你」說得輕巧的三個字，
　　　　　　　是我真的做不到呢，
　　　　　又或許更多的是我的不願意。

　　　　　看過書裡多少類似的故事和道理、
　　　　　　　　聽過朋友口中多少的勸誡和安慰，
　　　　　好像應該要想開的、應該要能走出來的，
　　　　　　　　　卻怎麼還是把自己困在了這裡。

　　　　　　　　　　　　　　　# 留在了原地
　　　　　　　　　　　　　　　# 還要多久呢

曉得自己並不是在等待，不是還抱著期待你會回來，也不是別人眼裡的專情，就只是把某部分的自己留在了原地，留在那個你傳來不愛我了的訊息的夜裡。

最開始覺得無所謂的，時間沒有你，它照樣會走；日子沒有你，我還是得過。

一個人的時候大哭過幾場，甚至也不小心在很多人面前崩潰過，忘了幾次之後，就再也哭不出來了。可沒有眼淚的時候，卻也不是不會痛了，只是好像身體它習慣了、又或者是累了。

難受還是難受，可是不再想那樣明目張膽地表達了，像是自己也覺得自己那樣難堪。沉默、平淡的時間長了，身旁的人就自然地覺得自己好了、放下了，不會再刻意詢問、提及。只是鼓勵地說著現在的我更好了。而我並不回絕這樣的善意，我如何能呢？

偶爾覺得我像是被迫升級版本的自己，甚至不知道現在的我比以前的我好在哪裡，我只是接受，然後演出，或是試圖追上，那個更好的我、受過傷然後痊癒了的我。

我並不知道怎樣才算是真的放下，我只是不想再讓誰擔心。

就努力地把自己過好、過更好，好像這樣就證明了什麼、好像這樣真的代表了什麼。別人是這樣相信的、而我選擇相信他們說的能是對的。

我已經可以若無其事地想起你、提到你了。
已經像是他們口中放下誰的模樣了。

可是心裡卻不知道為什麼空了一塊，再去觸碰到愛時都繞不開、也填不滿。要我再去愛誰，或再去接受誰，都變得好難、好難。

「今天又看到了一個像你的人。」

不知道為什麼，愛過的人後來多數都成了，傷心的其中一個理由。

明明怕疼，卻還是想著去見到、去偶遇、去尷尬地哪怕說不出一句話都好。害怕的是什麼呢？期待的又是什麼呢？

你總還在我的人海裡鬼魅一樣地活著，我老是會看見像你的人。想起身去追、去確認的下一秒，腳步卻一步也跨不出去了。

我是需要理由的人啊，更何況是你又怎樣、不是你又怎樣呢？我還能做些什麼呢？

想像你過得很好是一種幸福，親眼見證卻不一定是。

各自安好或許像是祝福、也像是詛咒，說著的是我們唯有在各自

的世界裡待著。不去回憶、不去來往、不去說話、不去想念、不去執著、不去重逢。

是這樣遙遠的你和我才能好好的，才能不被那些回憶的鬼給找到，我的快樂就可以是真的快樂，你的自由也可以是真的自由。

你 會不會

偶爾 也想起，

我們 曾經 那麼好。

我已經不大會常常想起結束許久的關係了，
　　　偶爾念及也並不像開始時那樣疼痛，
　　不再非得求到一個像樣的理由了。

　　　　不再責怪或許是自己做錯了什麼，
　　　　　　只是還是難免有些心酸吧。

　　　那樣好過的我們，如今什麼也不是了。

傷心都關於你
自欺欺人

兩個人關係裡的那種遺憾，原來我們後來多努力把自己過好、變得多成熟、多穩重、多堅強，回過頭看，還是不會好一點。

我們能做的事情，就只是一次、一次地「各自」想方設法地把遺憾看開，在自己難受地想要找誰傾訴的時候，發現我們早已不在適合說話的距離裡。

好多、好多的傷心都關於你，可那並不是你的問題。

自私地、自以為是地想像過，或許你也在你的生活裡時不時跌進回憶，在那些時候你也曾想念過我，也曾同我這樣在他方獨自難受過。

我在這樣的想像裡居然感到那麼一點釋懷，我的自欺欺人在你不知道的地方卑微著。

那是我賴以為生的謊言、是你也可能傷心。

明明覺得已經走得夠遠了，過去應該要過去了，猛然想起什麼的時候，你卻還是近得可以。

擁抱、話語、牽手的溫度都好像還記得，現實的我們卻連簡單的問候都像是打擾。還得成為多好的自己才能抵銷傷心呢？還得走得多遠才會讓記得不再疼痛呢？

你是不是知道答案呢？你能不能也偷偷告訴我。
我不會對別人說，說你好得像是從沒愛過我一樣。

「我要更勇敢。」

不管是有伴還是自己一個人，去選擇、去適應，然後去喜歡自己
所處的生活樣貌與人際關係。

比起期待自己和別人擁有相似的幸福，我其實更期盼自己能安穩
在自己覺得舒適的狀態裡，不會輕易被他人的言論或著急亂了自
己的腳步。

我希望自己能更勇敢一點，不害怕去改變，也能不害怕不去改變。

我 想 愛 你 一 輩 子

「沒關係的。」
閉上眼睛後，
睡著以前，
我反覆地對自己說。

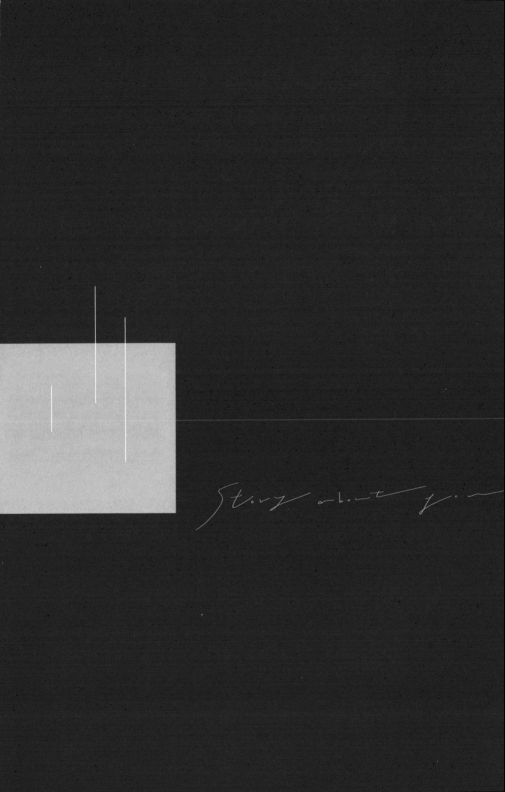

Story about you

「我到家囉。」例行性的報備，算得上是我們的默契吧。

你曾經和我說過，不管多晚才回到家，你都會傳訊息告訴我，不會讓我擔心，你還記得嗎？後來你偶爾會忘記，反倒是我養成了這個習慣，於是你看見我的訊息以後，才每每都像是被提醒。

有時候我不能確定諸如此類的報備，是你需要的，還是我需要的？我不知道你是否真的在意這個過程，我的告知與否你又是否真的在意。在那樣的訊息裡，我無法得知你真實的感受。比起你期待我能這樣做，反而好像是我更需要那種「歸屬感」，想像著你在螢幕那頭惦念著我，而我能讓你心安。

其實今晚我原本打算賭氣不再傳訊息給你、不跟你說話的。

對我來說，今天是好疲憊的一天。

昨晚我們有著各自的行程，下班過後你去了高中同學的聚會，我則是一如既往地到了健身房運動。聚會地點和健身房的距離不算太遠，我心裡期待過在彼此結束之後能夠見上一面，你來找我或是我去找你都好。只是，你或許覺得沒必要，畢竟我們隔天就有一場約會，所以你到了聚會結束、回到家後才回覆我。上一則是我告訴你我要下班了的訊息，我們自然地也就沒了見面的機會。

最近我們的生活都有了不小的變化，工作轉換跑道、家庭裡的紛爭、自身健康狀況等等，有太多的事情好像都不約而同地紛至沓來，明明一件件分開來處理都不至於讓人心浮氣躁，可是當它們擠在一起卻是那麼叫人窒息。興許是這樣，才讓自己變得敏感許多，平時可以忽略的、不甚關注的細微末節，都明目張膽地浮現。

「額度」。
結束了約十分鐘通話、互道晚安以後，我突然想起這個字眼。

電話裡我們簡單地分享了各自的一天，我問你晚上的聚會還好嗎，你問我今天去健身房練了哪裡，我們為彼此解答，也揀選著對方或許想要知道的。

從你的語氣裡聽起來，你應該是開心的吧。久違地和那些許久不見的朋友們吃飯、聊天。成年後的禮貌是不過問太多各自生活的細節，工作也好、感情也罷，那樣的不過問並不是疏離，而是清楚在什麼樣的場合該說什麼樣的話。有些自己認為是平凡不過的問候，在別人耳裡聽起來卻可能是戳向傷口的刺。於是比起正在經歷的當下，他們會談起的，也更願意聊的，更多都是以前的種種。讀書時一起為了同一個目標而努力的感覺，不需要有其他顧慮，就只是一心向著那個方向奔跑，所有的事情都顯得單純許多，多麼令人懷念，那樣的時光、那樣的你。

我靜靜地聽你說著其實已經聽過三遍了的趣事，從來不會想要打斷你、告訴你我早就聽過這些。你知道的，我喜歡聽你說話，喜歡那些你想和我分享的回憶或生活，喜歡在那些時刻裡聽見

你的願意，願意讓你的世界有我小小的參與。

我也和你坦誠地說自己那個沒能成真的期待，帶點撒嬌的口吻說覺得好可惜，你回覆我反正明天就會見到了，沒關係吧，還開玩笑地說了一句：「不能太貪心喔。」有那麼一瞬間，我感受到傷心、失望。我不知道那樣的情緒是因為自己還是因為你。用弱弱的語氣回覆了一句好啦，接著說晚安、說明天見、說愛你，而你只說了一句晚安。

掛斷電話時，手機螢幕上顯示的時間已經是凌晨一點三十五了，設定好一早的鬧鐘以後，就把手機放到床邊的矮櫃上，關掉電燈。我總是等到眼睛能夠習慣黑暗後，才覺得自己能夠安穩入眠，有時也只是腦海裡、心裡兜轉著一些事，捨不得閉上眼睛。

就算我們在交往，好像你能給我的關心、能給我的愛還是有限，連見面的次數都像是有額度限制。

你不會主動地想來看一看我，有時也不回應我的請求，如果不是我早早和你約定好一次約會，明確地和你約好時間、餐廳，我們也許久久也見不上一面。我不是想要和別的情侶一樣有很多的相處時間，不是想要你變得多麼積極，我可以很獨立、我也總是很獨立，可是我還是會期待自己對你而言是不一樣的存在，期待你可以讓我知道你是愛我的。

我常常不曉得會不會這樣的關係、這樣的相處才是正常，又或是說這樣才是你所嚮往、所習慣的日常？或許是因為了解你和她在一起十三年而累積那些回憶的重量，所以才對我們的相處總是那麼小心翼翼。你放棄了的、沒能走到最後的那次幸福，我是這麼努力想要不讓我們也有那樣的遺憾。如果我們有一輩子的時間來相愛，那現在的這些都只會是磨合，我們總會溝通出更好的相處模式，所以沒關係的，一輩子還那麼長。

「沒關係的。」閉上眼睛後，睡著以前，我反覆地對自己說。

早上到公司時已經九點半了，小小地遲到。在座位上一邊吃著出門前自己隨意做的早餐，一邊整理著下午會議資料，回覆了幾封來信，不知不覺就到了中午休息時間。和同事一起走到附近的餐廳用餐的路上，傳了訊息問你今天身體狀況還好嗎？喉嚨還會覺得痛嗎？等到我點完餐後，你傳來你在行天宮的照片，說覺得好像有好轉一些，你一個人去那裡拜拜。

為什麼呢？在你和我說輾轉看了幾位醫師、吃了不同的藥，身體感受到的疼痛還是無法緩解時，我說那麼改天找時間陪你去廟裡拜拜好嗎。其實我沒有信仰，但我想哪怕是一丁點的機會也好，如果能讓你好受一些，我都願意真摯地為你祈禱。

只是為什麼呢？為什麼你總是不讓我陪你一起呢？或許你是不想麻煩我，你覺得那件事情你一個人也可以做到，你總是這樣。

我告訴你我和同事到了那間我們曾經一起去過的日式料理店吃中餐，和你說在外面要多注意安全、天氣熱也別忘了要多補充水分，說希望神明可以保佑你趕快好起來。你只回了我一個「沒問題」的可愛貼圖。

收到你的回覆以後，我順手把手機蓋著放到一旁，希望能專心地吃飯。同事頻繁地放下、又拿起手機，不確定是在回覆工作群組裡的訊息、或是單純地滑著社群媒體。以前我也經常這樣，但被你唸過一次以後，我就盡量改掉了那個習慣。

那是我們剛在一起時，你唸我和你出門時都一直看手機、和別人聊天，你有點吃醋、有點生氣的模樣，很可愛。現在我改掉了，但反而最近幾次我們約會，滑著手機、什麼話也不說的人，是你。哪怕你看起來只是不斷更新著頁面，滑到已經沒有新的東西可以滑了，你還是會每隔幾分鐘就點開手機螢幕，打開你常用的社群，查看著什麼，又或者是期待著什麼。那也是你焦慮的一種表現嗎？我不知道，但我也不想刻意地去提醒

你，嚴肅地讓你別那麼做。

我想我和你一樣，也在意這樣的事情，可是我希望自己可以做到像我之前和你說過的：不是非得要一起特別做什麼事才算是在一起，而是在一起做任何事都可以，你可以擁有你的空間、你的自由，而我也同樣。

我嚮往著的不過是你在我身邊時，你是自在的、是開心的，我正為了那樣的嚮往努力著、練習著。

- - -

午後的會議裡，我和主管有了爭執，或許是我到職後第一次比較劇烈的磨合吧。雖然是他從前公司把我挖角過來的，他卻對我的工作能力沒有足夠的信任，不看數據、不聽我的說明，堅持著自己的想法。最後沒有一個具體的結果，我們不歡而散。

回到座位後，我打開筆電，想要整理他剛剛的意見和我目前有的資訊，就算生氣還是得做好該做的事情。重新彙整著簡報，眼淚不自覺地掉了下來，明明是想把事情做好、做到更好，卻不被接受、不被認可的那種無力感，我討厭這種感覺。一旁的同事悄悄遞來衛生紙，我小小聲地說了聲謝謝。

「算了。」心裡想著的話，結果不小心也打到了簡報裡，我竟也就這樣笑了出來。轉眼間就到了下班時間，同事們陸續離開，我在座位上整理著情緒、補著妝，就算很累、把自己過得很糟，還是想用最好的一面來見你。

你提早到了餐廳，面前有著一杯看起來喝過一兩口的拿鐵，我到了的時候，你正專注地玩著手機遊戲。我翻閱著菜單，你結束了那局遊戲，我問了你：「不再點些鹹食來吃嗎？」你說你不太舒服，沒有食慾。我也就不再多說什麼，決定好餐點後就拿著錢包要下樓點餐結帳，你推了推桌上你的皮夾說讓我拿裡頭的錢去付，我笑著回絕了。

用餐的過程其實是好的，我點的義大利燉飯很好吃。而你就算不舒服，也還是說了很多話、聊了許多自己的近況，包括下午和家人的通話，包括你覺得自己好像一直生病，怎麼看醫生都看不好，包括你工作上的一些事情等等。你也說了這陣子睡前在床上躺著的時候，你都會想著自己會不會就這樣死去，雖然你是帶著玩笑的口吻自嘲，可我不喜歡你說那樣的話。或許是覺得很無助吧，再擔心、再關心你也都還是無法替你承擔一點你的難受。只能要你別想太多，希望你別那樣想。你繼續說著，過去十年間你面臨、遭遇到好多曾經與你生命如此相近的人們的生離死別，連結到你最近身體的變化、無法找到確切病因的不舒服感，你無法克制自己關於死亡的想像。

你平淡地說著，我的表情卻僵硬得可以，連擠出一點尷尬而禮貌的微笑都那麼難。你或許並不知道對一個深愛著你、希望你過得很好的人說出那些話，是多殘忍的事情吧。而我只是靜靜地聽著，那是我能給的最好的回應，慶幸我還能接住這樣的你，就算僅是微不足道的傾聽。

只是到了最後要分開前的那個擁抱裡，我感受不到你的溫度，好幾次了。

好多次都是我伸出雙手走向你、靠近你，你被動地被我抱著，一動也不動，像是這樣的擁抱只是我想要的，不是你想給我的。你的雙手甚至沒有靠近我的身體，你只是站在那裡。待你覺得差不多了，就會把我推開，走向自己的車子，打開後車廂，戴上耳機、口罩、安全帽，跨上車，最後說了句『走囉』。

今天也是一樣，只是你緩緩推開我的時候，你說：『我今天的不舒服是我連那杯拿鐵都喝不完的不舒服。』下意識地，我回了一句：「所以呢？」不確定你有沒有聽到我的回話，你逕自走到你的車旁、發動，然後準備離開。

所以你就不能好好抱我一下嗎？我連一個好好的擁抱都不值得嗎？我沒說出口。我只是撐起笑容，故作鎮定、開朗地和你

說：「好啦，那你回去好好休息，掰掰。」目送你離開。

你不會知道的是，我回到我的車旁、一個人在那呆站了好久，不確定是心理因素作祟或是其他，突然有陣暈眩感襲來，像是下一秒就會往後倒下。想到你剛剛在吃飯時對我說的，那些離你好近的生離死別，前一天才在和你說話、隔天卻就消失在這個世界上了。

不再頭暈的我騎上摩托車後，我不禁開始想：「如果我就這樣消失在你的生命裡，你會不會有那麼一點後悔？後悔在最後一次的見面，沒能好好地抱著我、抱著那個還有溫度的我。」回家的路上越是這樣想著，油門就越是大膽地催下。

回到家以後迅速地整理了東西、洗了澡，原先帶了電腦回來打算寫新的提案的，也決定不寫了。把電腦擺到一旁的書桌，大字形地躺到床上，忍不住又哭了起來。

「我到家囉。」我還是有和你說，儘管我不知道你是不是真的會擔心我。

想起好久以前的一次週末，我們待在家裡、窩在沙發上，電視投放著某串流媒體的電影，你坐在沙發一邊的角落、我躺在你的腿上。電影是我說要看的，開始播放以後我卻老是只盯著你。你注意到我的視線，好像有些害羞地讓我專注地看電影，用手輕輕地把我的頭撇過一邊，我卻只是順勢牽起了你的那隻手，感受著上頭幾個指節處的繭、看著你一天沒剃又冒出來的一點鬍子，那時我說：「我要愛你一輩子。」你笑了出來，說幹嘛突然這麼嚴肅地說這個。

我會愛你一輩子，你可明白我的認真？

02

然後

試著

放下你，

像你

放下我那樣

有些人來過
重重地撼動過我的生命
最後卻悄悄經過

後來的餘震
你卻不知道
不知道我痛了好久

我不想　失去　你，

可我　已經

失去　你　了。

要說完全沒有一點準備嗎？

其實倒也不是。

好一段時間裡很難不察覺你的改變，

並不是那樣突然地就變得冷淡，

只是一點一點，你或許認為是循序漸進地，

悄悄地讓距離感蔓延開來。

我們不是什麼話也不說了，

也並不拒絕所有的親密動作，

只是你好像再開不了口說愛、說想念。

當我期待聽到你說「我也愛你」，或回覆那麼一句「我也想你」，你卻總是迴避地說其他無關緊要的話，而那些話語或動作裡，有時甚至不帶一點感情、情緒。

好像你給我的，都是我自己要來的，裡面沒有任何你的願意。

一開始或許還能說服自己，會不會只是自己太敏感了，又或是你的生活裡遇到什麼難題或挫折，讓你沒辦法再花心力來應對我們的感情。

所以這一切都只會是暫時的、會被克服的，我只要乖乖地陪在你身邊、安靜地等，你總會、我們總會回到以前那樣的。

可是日子久了，卻一點沒有轉好的跡象，一天、一天都過得提心吊膽，相處和溝通的時間越來越少，不敢再多做些什麼、多說些什麼。你沉默，我也就開不了口，多怕我犯了什麼錯，你就有了適合的理由。

我們為什麼會愛成這樣呢？

你不愛我了、你早就不愛我了，你不敢坦白地告訴我，卻要這樣讓我一個人在你的疏遠裡難受，像是一遍遍說著：「你要走，你可以走。」於是那就不會是你的錯。

我明知道你只是拖著、明知道沒有機會了、明知道多卑微都留不下你了，我卻還是那樣做了，因為我愛你、我只是很愛你。

我不想失去你的、到最後都不想的，可是你說要走，我也就不敢開口挽留。

我知道我留不下你、我再愛都留不下你。

「我們，回不去了吧？」

後來日漸明顯的隔閡、一天一天積累的陌生讓我提心吊膽，像是
我知道你會走，可是我不知道你什麼時候會決定。

有幾次我一個人崩潰地哭了，激動地就想傳訊息罵你、責怪你，
甚至是告訴你如果彼此要像這樣冷淡，我寧願分開，卻又在送出
訊息以前把手機甩到一旁，只留下自己陪著自己的歇斯底里。

我不想當那個先提的人，我明明還有愛的。

「回到陌生人關係」這件事的殘忍，從來不是它從我們身上拿走
什麼，而是它明明什麼也沒拿走，感覺還是變了、你還是變了。

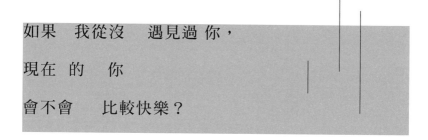

如果　我從沒　遇見過 你，

現在　的　你

會不會　比較快樂？

真正分開以前，

　　　　好幾次我認真想過這個問題，

在彼此的心正在逐漸遠離的時候，

　　　　在我們甚至無法再開口說愛的時候，

　　　　　　　曾經那樣感謝、珍惜過的相遇，

　　　　愛到末尾卻得如此懷疑。

　　　　　　　　　　　　　　　# 明明相愛過
　　　　　　　　　　　　　　　# 現在你快樂嗎

一個人先不愛了，對還愛著的人原來是那麼殘忍的事。越想努力挽救、越想試著理解，卻越覺得是自己做錯事情。

靠得很近，於是讀懂你的複雜，你沒有理由不愛我，可不愛了卻莫名地成了結果，你像是比誰都更想釐清自己，你愧疚、你難受、你也試過找回初心，可怎麼試也沒用。

你還能去愛、也還想去愛，可那個人偏偏已經不能是我。

再無法回饋等值的愛給我，無法在一切的回覆裡附上真心，手機訊息、對話字句。你驕傲地不願對我說謊，就情願讓我感覺到你的改變、你的冷淡。

我的心意、我的還想努力都成了你的壓力，像我拖著你非得看我一個人的獨角戲，我只是期盼著那麼一點可能你會回心轉意，你卻表現地像是我在逼你。

我們一天天地都在失去笑容，我愛著你卻又看著你在那樣的愛裡黯淡，我捨不得你不快樂，可誰又會捨不得我？
明明我們相愛過的，為什麼愛著愛著就變得像是我在強求了？

如果再回頭去給你選擇，你會不會寧願我們不曾遇見，還會說是為了我好。

如果是我，儘管知道最後得這樣傷心，我想我還是願意與你相遇，故事的結尾定義不了這些時間的累積，愛過你、被你愛過，永遠不會沒有意義。

「最後我們在愛裡相互折磨。」

最後最讓我難受的事情，是我明明還在一段應該要相愛的關係裡，
卻活得、愛得比一個人時還不快樂。

是我在後來太多等著你回覆的時間裡，像是被迫凝視著彼此之間
哪裡出現問題。
明明該是兩個人一同討論、解決的過程，卻總只留我去思考、去
自責、去無奈。
是我看見我們的互相折磨居然來自於愛，開始時你那樣愛我，我
在你的愛裡慢熟。

後來是我這樣愛你，你卻丟了愛的初衷。

我們好像從來沒能在對的時間，交付於對方足夠對等的心意。一次次的，是我們自己選擇了錯過，所以才會連挽留都不敢開口去說。

你的不愛，我是這樣努力想懂，以為這樣會比較好過；好像懂了你為何想走，我真的就能一笑帶過。

原來　我們

沒有　　不一樣。

後來，我們在最近的距離，
　　卻反而離對方最遠。

　　　　好不容易一步步地走到彼此身邊，
　　　　　　成為了彼此心裡最重要的那個誰，
　　　　　可是維持一段關係好像，
　　　　　　　　比你我想像中來得辛苦好多。

　　　　　　　　　　　　　＃回到陌生人
　　　　　　　　　　　　　　＃我以為

各自的生活都並不輕鬆，被消磨的不只是自己的稜角，好像還有那些想訴說、想分享的衝動。一開始或許是不願意讓對方擔心，不想再去談論自己日常裡不愉快的片刻，時間久了，居然漸漸地什麼也不想說了。

開心的、不開心的，都變回了一個人的事，回神過來時，留給我們的也只剩一段關係的名字。

我們從朋友變成情人，得花上那麼長的時間、走上那麼長的路，可是從情人回到陌生人，卻好像只需要那麼一句話，甚至不需要我們兩個人都同意。

其實說不上後悔，只是覺得可惜。
好可惜，我們和故事裡的他們原來沒有不一樣；
好可惜，我們還是讓這樣愛過彼此的我們，變成以後光是想到都可能傷心的陌生人；
好可惜，我以為我真的能一輩子都陪著你。

你　是我　這麼、

這麼　認真　喜歡過　的 人啊。

一直到真正分開以後才知道，
　　　　原來關於離開你、強迫自己遠離你，
　　　　　　最難受的不是得知你不再愛我的那個瞬間，
　　　　卻是在知道你的答案、你的選擇以後，
　　　　　　　在一個人的生活裡去確認、去面對的過程。

　　　　　所有和你經歷過的生活場景，
　　　　　　　　那些如今想來都更像是觸目驚心的回憶，
　　　　　　　　　　都悄悄地成了他人無從知曉的地雷，
　　　　　　　那麼多、那麼多都是我無法避免的日常。

你愛聽的歌後來也在我的播放清單裡，你喜歡的餐廳後來我也經常去光顧，你點飲料時的甜度冰塊後來也是我的習慣。
想抽離時才發現你在我的生命裡，已經扎根扎得那麼深。

我如何迴避這一切有過你的生活？我甚至不能分辨對於某些事物的喜歡，是因為你而喜歡，還是我真的喜歡它們？
越想劃清界線，越是糾結難解。

傷感像是從一個漬點渲染開來，變成好長一段時間裡的濾鏡，想把它用力地一次擦乾淨，卻怎麼越擦越髒。

回不去那個曾經相愛的我們，也回不去不被你愛也還是活得很好的自己。
我好像不再知道自己原來是什麼模樣，我應該要知道路的、我應該要更成熟的，我應該要和你一樣快樂的。

還會想得到你的關注的我，是不是很傻呢？

就算你只是簡單地看過我的限時動態、就算你可能只是不小心按讚了我的貼文，就算我知道這些現在都代表不了什麼了，我還是想要、我還是想要。

我不是想改變什麼、我知道我改變不了，或許我只是想得到一種證明。你什麼話也不用說、就來偶爾看看我，像是我記得你、你也還願意記得我，我們，就還能在各自的記憶裡幸福著。

往後我們只會越來越遠的，我知道、我都知道，只是在遠得我們什麼也記不得、什麼也不願記得以前，我還是想好好、好好為你傷心，就這最後一次。

好可惜，你真的不愛我了；好可惜，我真的不能再對你好了。
我們各自過得再好、再糟都沒理由關心了，
以後所有的靠近，都像是打擾。

我們 那麼 努力 迴避 彼此

是 為了什麼 呢？

在分開以後，

　　好像不必需要理由，

　　　　我們下意識地想要避開彼此。

　　不論那是什麼場合、

　　　　不論因為什麼原因而要碰面，

　　　　　　你我總有藉口拒絕。

連想念都像折磨
別無選擇

要說是害怕尷尬嗎？好像也說不上，比起無話可說或許更害怕會說錯什麼，誰不小心提及了誰不想回憶的過去，誰又無意間惹了誰的傷心。

我想像著我們都試圖迴避所有那些或許再去傷害彼此的可能，像是我們許給各自餘下的溫柔或體面。可光是需要迴避的這個事實，就已經是足夠傷感的事了。

我們那樣相愛過，現在卻連想念對方都像是折磨。

「不見面，是最好的懷念。」懂得這句話的時候，想著的都是你，而那也是我唯一能做的事了。

我還能做些什麼呢？為你，我還能做到的，也不過只是離你離得遠遠的，過得再好再壞也忍住不告訴你，一切的還喜歡、還愛都壓抑，像你希望的那樣。

在我們共同擁有的回憶裡，你還記得你愛過我嗎？你還記得你對我很好、很好過嗎？或是你記得的只剩最後的那些對不起，記得你的歉疚、你的逃避、你的不愛。

你想知道些什麼嗎？或許關於我的原諒、我的不恨你，如今你迴避我的原因裡頭，有著這些你其實不敢去想的提問嗎？
你真的在乎我是怎麼想你的嗎？還是你只是在意你自己，你只是不想再去碰你當初沒做好的事情，你若是看見我，就像你一件不完美的作品，你還得表現出歉意，但其實你也覺得委屈。

不愛了也並不是你的錯，可我那麼傷心，你就好像非得是那個被責怪的人。

你得是我們之間錯了的那個理由，
我們別無選擇、我們別無選擇。

你　現在　　過得好嗎？

突然

好想　　知道。

是什麼時候丟掉了能夠寒暄問候的資格呢？
也或許說不上是「資格」
　　　　那樣嚴肅的字眼。

　　　　　　只是想了各種的理由都還是會覺得彆扭，
　　　　寧願裝作沒想起過你，
　　　　　　　　然後比平時再更用力一些地，
　　　　　　　　　想過好自己。

　　　　　　　　　　　　　　# 愛到最後一刻
　　　　　　　　　　　　　　# 自我懷疑

最開始意識到距離感的那個當下，除了傷心以外，我想到的會是什麼呢？

想過要挽回、想過要回到從前的親近，可是那時我為什麼也選擇，又或是「接受」了那樣的錯過呢？

人與人之間的親密程度是很奇妙的，相遇、相識都會是一步一步踏實地累積，各自都花費時間與心力才能經營好關係，察覺自己慢慢地走近對方身邊、也接受對方漸漸走進自己心裡，來回都覺得是溫暖的心事。

可是疏離感卻並不會按部就班，它沒有節奏、也絲毫不需醞釀，像是一瞬間、一個眨眼、一次轉身，兩個人就變得陌生了，那甚至不是開始、卻已經結束。

起初打破疏離感的代價吧，其實自己厚著臉皮總還是能夠承受，就問你一句「怎麼了嗎？」，就主動地說些什麼都好，總

覺得、或想像著只要那樣做了，我們就真的什麼事都會沒有。

只是勇氣好像永遠就差了那麼一點，在不知道理由的情況下，做什麼都害怕成了自己一個人的衝動。

我不想變得陌生、不想看著我們各自遙遠、不想什麼話都不能和你說，可心裡最深最深的不想，是不想我的這些念想讓你為難。

我的需要、我的自私總會為你收斂，在你甚至不會見到、不會在乎的地方，我把你不要的我都收得好好的。

現在的你過得好嗎？我不知道我想得到什麼樣的答案，會是你的誠實又或是你的掩飾，都好像真的無所謂了。已經離得太遠了，我們都走得太遠了。

你不要過得不好，好不好？

「你不在那裡。」

你曾經是我那麼、那麼認真，想要一起過一輩子的人。

記得剛分開的那陣子，我恨過時間悄悄地就把你變成那個我不認
識的人。後來想想，或許根本是我對你認識得不深，也或許只是
你不夠愛我而已。
我們之間有什麼東西是「不夠的」，但我並不能確定那是什麼。

如今我不恨了，只是好像也不能愛了。
時間公平地在我們各自的世界裡走著，明明是一樣的東西，卻又
顯得那樣獨立、疏離。我不再想念你了、不再渴望知道你的近況。
我想像過這樣的日子到來，想像過真的忘了你以後，於是心就會
空出一塊，我就能再去愛人。

可沒有，它就只是空了，你不在那裡，誰也不在那裡。

我　曾經　　希望

你

過得　不好。

或許是覺得很不公平吧。
　　　分開明明是兩個人的事，
　　　卻好像只有我一個人那麼傷心。

　　　　　我不是希望你發生糟糕的意外，
　　　　　　　　不是期待你的生活突然出狀況，
　　　　　　我想要的只是你也能透露出一點難受，
　　　　　像是就算做決定的人是你，
　　　　　　　　　你還是對這樣的結果感到難過。

　　　　　　　　　　　　　　# 你的選擇那麼肯定

我們一起那樣幸福過的，愛或許真的會那麼快就轉淡、消失，可是回憶不應該是那樣的呀。

你不愛我了，所以你不再會想要珍惜當下的我，我可以理解、我可以讓自己接受，只是那些擁有過、創造過的幸福，你真的也就那樣無動於衷嗎？
像是一斷開關係、一把話說開，兩個人共同的經歷、累積就什麼也不是了，那些笑容或眼淚、擁抱或爭吵，就都當作沒發生過。

以前做什麼決定時，有時埋怨著你的優柔寡斷，等到重新隔開距離以後才發現，原來你是這麼堅定、決絕的人啊。
是我太笨拙、太愛了，一直到現在才看見你的這一面，還是只是你藏得比較好呢？又或者是我還沒能走到你的那裡，你就已經拒絕了我的靠近呢？

我永遠不會得到答案了，這一次的永遠，我知道它會是真的。

你知道嗎？當你的選擇顯得那麼肯定、不遲疑時，總讓我覺得或許我才是錯的，我甚至懷疑起和你相處那些日子的真假。

會不會我從來沒被你愛過？會不會是我滿足於能好好愛你這回事，卻忘了看見你在關係裡並不快樂的事實？
對你來說，我們的幸福只是我一個人的幸福，所以你會走、你要走，離開地那麼輕鬆。

說真的，我希望你會過得不好，但那都只像是一層掩飾而已。

我要的也不過是你的在乎，就算是裝出來的也好，多希望那些回憶就算不被珍藏，也至少不該那麼容易被拋棄，像是自己。

我選擇　放棄，

不是　真的

　　已經　　不愛你。

說是自己選擇的放棄，
　　　　好像至少還能留點自尊給自己，
　　　雖然心裡明白只是自欺欺人而已。

　　　　　　到最後我還是選擇了你，
　　　　　　　就算傷心還是想給你，你想要的結果。

我害怕沉默
怕你什麼也不說

是從什麼時候開始的呢？我們的關係只剩一種結尾，以前一起想像過的未來都不在了，以為日子偶爾爭吵、偶爾疏離，但總還是能幸福下去的兩個人，不知道為什麼，只剩下我一個人這樣以為了。

相處的時間越來越少，你的生活越來越忙，一點點、一點點地，像是你的世界正提前練習著沒有我的存在，而我是一個可有可無的祕密，不出聲，你就會忘記。

明明有很多話想告訴你的，慢慢地居然也不敢說了，怕你煩、怕你生氣、怕你更不理我，到後來那些話連我自己也覺得沒必要了，覺得說了沒用的喜歡、想念、委屈，害怕帶著期待去傾訴卻只讓自己更傷。

其實我並不能習慣沉默，我討厭明明兩個人心裡都有事，彼此都知道有什麼該去溝通、去說開，卻還是選擇沉默的那些當下。我明明討厭的，卻又得拚命說服自己沉默是相安無事。

我怕你不說話，也怕你想說些什麼的時候，是你想告訴我，你是真的不愛我了。

我還是愛你、還是想繼續對你好，可是我不想再這樣一個人擔驚受怕了，在關係壞得徹底以前，就主動喊停。

我沒有不愛你，可我的愛解決不了你不愛了的難題。

就　多　相信

自己　一點吧。

有好長一段時間，
　　　我每天都得這樣告訴自己，
　　　　　　像是養成一種習慣。

　　　　　　　　又或是我真的需要這樣的反覆、
　　　　　　反覆地練習、反覆地掛念，
　　　　　　　　對自己傾訴與坦承，
　　　　　　　　　　在某些儀式感裡找到安穩。

　　　　　　　　　　　　＃ 撐起完整的自己
　　　　　　　　　　　　＃ 安靜卻驚天動地

「多相信自己一點吧」這句話很常失效，更多的時間裡我都瀕臨崩潰，無法相信自己也做得到、無法與生活裡已成定局的結果和解、無法在多數人的安撫裡獲得寬慰。

但我又那麼害怕丟臉、也害怕為別人造成負擔和困擾，於是我用著餘下的氣力，去撐起一個外表完整的自己。

禁不起細看、禁不起太多關心，用微笑來做出回應不是訴說著我可以，只是怕開了口就再也忍不下去，心裡真正的堅強已經所剩無幾。

比起我做得到什麼、曾經把什麼也做得很好，那陣子更常想到的都是我沒能做到的事，以及，想做好但最後還是留下遺憾的那些。

沒能做好一件自己在乎的事、沒能愛好一個自己想愛的人，又或是其實覺得自己已經盡力了，卻還是遠遠不如預期的那種境

況，好像不論經歷過多少次，都還是那麼叫人不安和難受。

很多以往確信的、堅固的事都開始晃動，以為逐漸趨向成熟穩定的自己、的生活，原來這麼容易就搖搖欲墜。

以為會走得很遠的、會一起很久的你，在我想像過好多、好多的未來裡，總細心地在那些畫面留下你的位置，等著時間一到，我們就會像拼圖那樣，嵌進那一個成真的、幸福的可能。

是這樣太多的愛、太多的期待了，落空的時候，才在我的世界裡，是那麼安靜、卻又那麼驚天動地。

就多相信自己一點吧，相信自己這次也可以走得出來、相信自己會放下的、只是暫時做不到而已。

相信看不見盡頭的路、那頭一定有光。

讓那樣的相信帶著、甚至是拖著自己往前走吧，讓枯萎的日子一個人也開出花來吧，讓被淚水淹沒過的眼睛再去找到值得放進心窩的人吧，讓時間化開傷透了的心、再次變得柔軟，就再一次，去相信、也去允許自己還有好多、好多可能吧。

我是這樣相信，我只能這樣相信。

他 會 是 那 個 對 的 人 嗎 ？

「 如 果 真 的 忙 ，
可 以 先 告 訴 我 啊 ⋯⋯
我 就 不 會 等 。 」

Story about her

「妳覺得……我應該跟他分手嗎？」這是今晚她第二次開口問
我這個問題，字句間帶有時至初夏的黏膩感，沾黏在其中的是
太多的不確定與遲疑。語氣是小心翼翼，收斂地像是害怕那話
一說出來便是種驚動。就算她明明知道他不在這裡，她還是有
著擔心，好像那樣的話、那樣的想法一旦被提及、被闡述，某
種程度上就會是一次小小的背叛，而她無從否認。

她把玩著手邊的酒杯，我們點的餐還沒上到一半，她已經快要
把那杯調酒給喝完。餐酒館裡有些昏黃的燈光照不太出她略顯
紅潤的臉色，但我知道照她這種喝法和她其實不太能喝的體
質，現在估計連眼睛也已經紅到不行。杯裡偌大的方形冰塊讓
杯壁環繞著一層透亮的水滴，像極了因為聽著我們聊的話題而
流下冷汗的模樣。

她或許需要自己是這樣的狀態，才能趁著酒意把想說的話都說
出來吧。

對於這樣的詢問，其實我應該是要驚訝的。我和她是一起共事過一年半的前同事關係，三年前我離職後，就也離開了那座城市回到家鄉工作，而她仍待在那裡。在那之後，我們不常互傳訊息問候彼此，又或只是單純地聊天。隔著約莫三小時的移動距離，自然也就不常見面吃飯，一年或許就只會有一兩次的約會，通常是為彼此慶生。我們會閱覽過彼此的限時動態，對各自的日常貼文按讚，偶爾會在底下留言，卻也不要求、不期待對方回覆，維持著一定程度的友好，不多、不少。

上一次得知她交了男朋友還是在四個月前，那陣子她較為頻繁地在社群媒體上有所動靜，限時動態上不管是到了餐廳或是到了景點，總會有相關的照片出現，但裡頭沒有她，也沒有其他人，唯一的共同點是她會在某個位置標記上另一個人的帳號，縮得很小，不仔細看就會錯過。重複看過幾次之後，大概率確定其中必有蹊蹺，我才在一次他們到了動物園的動態裡傳訊息問她，終於在她開始交往三個月後知道了這個消息。

本打算在這一次見面時更新關於他們的相處，並不是想要八卦，只是想要確認她是不是幸福，好像才開始要補齊我不知道的那些片段，卻怎麼不知不覺裡已經走到結尾了。

我應該要是驚訝的，可是怎麼說呢，在這樣的時代裡，又好像一點也不誇張或少見。不是意指著她不好，只是感情這回事，它本質上或許就是那麼脆弱又易變，懷抱著愛的我們只是那麼努力地想去相信、想去證明它不是，可到了最後，往往被證明了的卻是我們早就該看清的事情。

「我不是要他收到訊息之後秒回，也沒有要求他總是和我報備行程的細節，我只是希望他就算要忙工作或和客戶應酬，還是可以花個幾秒鐘回給我一個訊息也好，就算只打了三個字『我在忙』，我就知道了……

「我也有自己的工作要做、我也忙過啊，當我沒上過班欸！可是就算在那些時候，也從來沒有忙到連擠出個幾秒鐘來回訊息的時間都沒有。好幾次我早上八、九點傳訊息過去，得要到晚

上六、七點才等得到他給我回覆，有時候甚至是一些我不懂他想表達什麼意思的貼圖，給我的感覺就像是他連敷衍都懶。」

不確定是酒精放大了她的情緒，還是她真的到現在都還那麼生氣，說話的音量忽大忽小的，最後說到自己對對方的感受、猜測就漸弱，輕輕地苦笑著。

「如果真的忙，可以先告訴我啊⋯⋯我就不會等。」

其實並不是真的沒得到他的回覆，她就無法去過她自己的生活、去做自己的事情，只是不管讓自己變得多忙、多累，心裡有一部分還是等待著一個簡單的答覆。感情裡好像比較被在乎的那方永遠不會知道他能給對方的、他需要給對方的是一種心安。我們的日常也許總是能穩固地運行著，可是生活裡有那麼多不可預知的意外、無常，我們不免還是會藏有一些細微的擔心與不安，而那些情緒會在原先習慣了的模式被破壞、被擾動時湧現，長時間無法聯絡到對方便是其中一種輕微的破壞。

『我以前也對某一個曖昧對象說過類似的話。他也一樣偶爾會好長一段時間不回訊息，然後等到又出現的時候就跟我道歉、給我一個原因，每一次都不盡相同。我一開始其實是相信他的，但有一陣子實在太頻繁了，可能我們那時候不像你們一樣是情侶，可是那同樣是很讓人生氣的事情……

『有一次他還沒來得及回覆我前面的訊息、也還沒已讀，我就又傳了一則長訊息給他，我很直白地告訴他我對於他總是消失這件事的感受，說我不介意他有很多事情要忙、要處理，不介意自己排在那些事情後面，可是他可以先跟我講、先簡單回給我一個訊息，我的時間也是時間，我不想那些等著他回覆的時間變成一種空轉。如果要一直這樣，那我們也沒必要再花時間相處，因為我覺得他並沒有那麼尊重我。』

我也和她分享了自己的經歷，總感覺除了對象不同以外，我們的遭遇或感受都是相似的。

「那後來呢？後來你們怎麼了？真的就沒再聯絡了嗎？」服務

生剛為她的玻璃杯斟了八分滿的檸檬水，她輕聲地說了謝謝，淺淺地抿了一口後問道。

『沒有耶，我那次嚴肅地跟他說過後，他就幾乎不太過很久才回訊息了，應該是他也在乎那一段關係吧。』我想了想。

『其實他也有給我他自己個人的說法，他說有時候他沒有很即時地回覆，是因為他在那段時間裡有的空檔並不充裕，他覺得回覆了卻只能聊個一兩句好像不太好，所以就乾脆等到他真的比較有時間才回。他也誠實地跟我說，有另一部分是他覺得有壓力，好像每天都花時間聊天變成一種責任，他會有那種什麼話都不想說的時候，可他不敢明白地告訴我，他才選擇逃避，但發現結果並沒有比較好⋯⋯

『在那之後，我好像比較能理解，男生有時候做什麼事情惹我們生氣，背後是有他們自己的思考邏輯的，不算是刻意，可也沒到不小心那麼無辜，但是他們時常不會主動地想要解釋，得要到真的吵架、有了衝突，他們才會意識到有些話是要說出來的、意識到有些話其實是可以說的。不一定所有事情背後的原

因都值得被理解、被原諒，可是至少我們需要那樣的意願去為彼此引導出各自的心裡話，不是要爭誰對誰錯，而是不讓那些原來或許可以被解決的問題，成了最後致使兩個人分開的原因。』

隔壁沙發區的客人們傳出歡笑聲，酒酣耳熱後有些感官變得遲鈍、有些感官卻也同時變得敏銳，記憶、思緒交錯出某些往事的答案，說是答案又好像有點太自信了，不過只是事過境遷之後，發現能拯救自己的人，終究只有自己。

「他老是記不得我和其他人的區別，我的其他人是指他的前女友們。很多次他會帶我到一個景點以後，說出一段我根本沒有印象的回憶，然後笑著問我說妳記得嗎，而我甚至不知道那樣的笑容是留給我的，還是他真的想到了其他人。在我和他的家人們都已經見過兩三次面以後，他還會問我說妳什麼時候要和我家人們第一次一起吃飯……

「他的生日派對邀請了他的前女友，還找了他之前在網路上認

識、他好像喜歡過的女網友，在沒有問過我意見的情況下，他就已經做好決定，好像他覺得可以就可以，他覺得不會發生什麼就不會發生什麼，不需要顧慮我的感受，他不在意、前女友不在意、朋友們不在意，所以我也不能在意。」

她繼續說著讓她起了分手念頭的故事情節，前面我給她的回答她也許聽進去了、也許沒有，並不是那麼重要，我們訴說、我們聆聽、我們提問、我們回答，我們只是想要那樣做而已，有人願意問、有人願意說，那已經是很美好的來回。

服務生收拾了我們用餐過後的稍許杯盤狼藉，也端上了她的第二杯酒。

『妳有和他溝通過嗎？不是委婉地、隱約地告訴他那種，而是明白地跟他說妳在乎這些事情、妳為了這些事情很難過。』我問她。

「有啊，滿多次了，不管是回訊息還是他記錯人等等，我都曾表達過自己不開心，甚至用很尖銳的語氣和他說話，可每每到最後他能給我的也只是那句千篇一律的對不起，過沒多久還是會發生相同的事，我生氣、他道歉、冷戰不說話，不斷循環。「其實那些覺得受傷的感受是會習慣的，好像我無意間也調整了自己對他的期待，有時候我連開口去問、去爭些什麼都覺得沒必要了，對於他的回覆或記性我已經會感到毫不意外，可是我還是忍不住會失望。回過神來，我就會想，我為什麼會愛成這樣？為什麼我得要忍受、得要習慣這些，才好像值得被他所愛？」她的自問那麼銳利，刀尖朝向自己。她或許知道答案。「他最開始的時候不是這樣的，最開始的時候，我清楚地知道這個人很愛我，而我也同樣愛著那樣的他，最近我不再那麼肯定。」她有些激動地說著、問著，杯裡的酒液漾起波瀾。

「是我太貪心了嗎？如果是我看見他和別人的落差，而對他有所要求，我可以承認是我要得太多，可是現在我看見的只是他和自己的落差，這樣的話，還能算是我太貪心嗎？」

『是因為他沒有那種很嚴重的失誤，所以妳才會有所考慮吧。發生的這些好像都可以視作磨合，只是妳不能確定的是他會不會願意為妳改變，妳也不知道如果到最後真的會好轉，距離那樣的未來還得傷心多久才行……

『在一段感情接近尾聲的時候，我們總覺得是自己看錯了人，所以是在錯的人身上放了期待，可我們明明曾經那麼堅信他就是對的那個。』

我是在和她說呢，又或是對著曾經的自己承認些什麼呢。

「我們到底是笨呢，還是眼睛出問題了啊？」
這一次換我們大笑出來，開心地像是不會再難過那樣。

各自去過一趟洗手間後，我們就結帳離開餐廳。在解散以前，我們還能一起來上一段飯後散步。我要去搭捷運搭往晚上要借宿的朋友家附近，她則是要搭他的車回去租屋處。

他其實已經等了她一個小時左右了，我們都知道他在等，可卻也一點沒有要加速的想法，算是一種默契。

「我們這兩天都還在冷戰,我有跟他說我們會吃滿久的,而且我沒有要他等喔,我都說我可以自己回去的,他自己說要來接我、說可以在附近等我。我這樣應該不算很過分吧?」

她踩著輕快的腳步走著、說著,絲毫不像剛剛問我該不該分手的那個人。

『不算啦,這應該算是為自己的選擇付出代價。』我開玩笑地語帶雙關說著,走在前頭的她回頭瞪了我一眼。

「妳覺得等一下我上車會跟他吵架嗎?我會不會吵一吵被放生在路邊,最後還是得自己回家?」

『不會,妳什麼不會,裝沒事第一名。他還來接妳,應該還算是有點良心啦,可能有在反省。』我們邊說邊走,到了該說再見的路口。

「希望下一次見面的時候，我們都很幸福，是一個人也好、有人陪著也好，希望下一次，妳會看見很好的我、我也會抱住很好的妳。」她給了我一個擁抱。

『不管妳做出什麼決定，我都會支持妳。如果妳過得不好，我是說如果啦，妳還是可以來找我，我還是願意像這樣給妳一個抱抱，告訴妳不要害怕、不要不安，妳在我這裡一直、一直都很好喔。』我也抱住她，用相同的力道。

我想看著她直到她離開自己的視線，她也同樣這樣想。
我們揮著手把再見說得很美。

03

可是

愛過你，

No Regrets

我

從不覺得可惜

還好那些傷心並碰不到你
你不在意我的時候
我會想呀，這樣也好

你沒看到我為你難過的樣子
所以你只記得最好的我
在你面前，我永遠快樂

「還是想要愛你，儘管傷心。」

為了聊天而一起熬過的夜、交換過各自生活裡那樣細節的喜悲，
爭吵過、沉默過、曖昧地被別人誤會過，這些都是那麼值得感謝
的陪伴，雖然終究我們止步於朋友。

確認了你的答案以後，心裡的難受像順著時間線往兩邊蔓延開來。
很難不去懷疑過去的種種會不會僅僅是我一個人的自作多情。好
像沒能得到我要的結果，那些累積的回憶就真的毫無意義。

從當下開始向未來延伸的傷心，那一刻起我們就無可避免地會逐
漸疏離。

我知道即使我還是願意愛你、願意對你好，可是你或許不再能夠
像過去接受我在身邊，那時你還可以假裝不知道我喜歡你，我還
可以想像你可能也和我有相同感情。

我知道我們就要慢慢變得尷尬，變得說不上話、變得毫無交集，
你會選擇忽略我的願不願意，我也得尊重你想要的結局。

我討厭你的溫柔是那麼殘忍的事情，告訴我別再愛了、別再讓你
為難。
別再讓你知道有個人因為你而傷心著，而那甚至不是你的錯。

我討厭你覺得我是在浪費時間，討厭你因為我喜歡你、你卻和我
說對不起，像是我的喜歡害你做錯了什麼事情。

我討厭我自己，明明好傷心、好傷心卻還是想愛你。

那時候　我　真的　以為

我們　一輩子

都會　這麼　　好。

好久沒聯絡了，
　　不知道你一切都好嗎？

　　　　我是說真正的你，
　　　不是你選擇讓別人看見的那些，
　　　　貼文也好、限時動態也好，

　　　　　　那些沒被你篩選過的生活呀，
　　　　　你也過得好嗎？

　　　　　　　　＃自然而然
　　　　　　　　＃成了陌生的人

說實話，我並不那麼常想念你，或許是因為社群網絡的發達，總覺得還能這樣看見彼此的生活，了解你的近況、也偶爾發現你也有來看我，這樣，就好像不算太遙遠、太陌生。

我們就這樣有點距離地各自活著，不去觸碰、不去聯繫，就好像妥善地保存了當時那麼好的我們，像是一種冷藏，無意地，卻也算刻意地。其實越是熱絡過的關係，好像就也容易冷得越快。

某一天開始兩個人都不主動了，然後一天、一週、一個月、一年，原本輕輕跨步就能過去的坎，被時間拉成了萬丈深淵。

我們就這樣自然而然地，變成陌生人了，誰也沒有反對。

我想像過你有了新的朋友、新的生活圈，好多嶄新的事物與關係在你眼前伸展開來，你想要的一切，你都努力去得到、去抵達。你也並不喜新厭舊，習慣了的都還是保有。只是忙碌充實

的生活還是逼著你做出取捨，你不要的，不一定是不想要了，只是沒那麼想要而已。

我也是這樣活著的，有點貪心、有點自私，現實的是我們都必須做出選擇，耗費心力的事情太多，有限的生命裡我們不可能什麼都要。

所以我們的不選擇，也是一種選擇，只是我們不願意看得太清楚而已，不再聯絡，其實是你和我一起做的決定。

我有時候好懷念那時無話不說的我們，快樂的事總掛念著要第一時間和對方分享，難受的心事也願意讓彼此來聆聽與分擔，待在一起一整天也不會覺得膩煩。

那時候我真的以為我們一輩子都會這麼好，只是我不知道原來「保持聯絡」這回事，有很多種樣子。像我們現在這樣，疏離地連去回憶都覺得有些冒犯的，原來也是其中一種。

這算得上是一種遺憾嗎？總覺得這樣的疏離比比皆是，太氾濫了，好像在多數人的世界裡顯得那麼普通。

比起這樣不爭氣地懷念，人們總是更崇尚向前看，把現在的、未來的自己活得更好，好像遺憾就真的不會那麼遺憾了。

後來，

聽說 你　　再也 沒

對誰　提起過　我。

在你心裡，我們算是好聚好散嗎？
　　我有點好奇。

　　　　　你或許不再想和誰主動提及，
　　　　　　　　可是偶然間你不小心想起什麼的時候，
　　　　　　　你回憶裡的我們，
　　　　　　　　　　現在會是什麼樣的呢？

　　　　　　　　　　　　　　　　＃斂收心意
　　　　　　　　　　　　　　　＃偽裝快要殺死我了

以前總以為好聚好散是分開了還能夠做朋友，當故事發生在自己身上以後才知道，還能維持朋友關係的終究是少數。在感情結束之後，能不記恨、埋怨對方就已經值得慶幸，更多的好聚好散就只是不再聯繫。

可能你也從沒忘記吧，刻意迴避難道不是一種在意嗎？

各自收拾、斂收著自己的心意，不管在說要分開以後又延續了多久，都一個人去整理、去生氣、去傷心。

有的人一心逃避、有的人用力忘記，不再聯繫或許不是兩個人都期望看到的，可那卻是對我們來說最好的。

我掙扎過、想放下一切自尊求你回來過，在那些你走遠、我一個人待著的時候，我是那樣想過，可我終究只是留在那裡，讓想念、喜歡、和放不下的回憶去翻湧，哭得出來的時候就哭、哭不出來就發呆。

我知道我想，可我同時知道我不該，那些我認知裡所謂的好、所謂的成熟，化作利器不斷刺傷我自己。

我為什麼會這樣呢？為什麼我為了已經不在乎我的人這麼難受？我不知道，可我已經是、我就是這樣的人。

我的矛盾、我的偽裝好像就快要殺死我了。

我很用力想要變好、我也想要快樂起來，可是心裡的那個自己卻老是往反方向跑。

我有時候很羨慕她，那個藏在心裡叛逆的、自由的自己，她可以想念你、她還可以喜歡你，她做著好多我想做但我不能做的事情。

而現實裡的我和你，沒意外的話，這輩子都不再會有交集。

你也會為了另一個人這樣難受嗎？以後你再與誰相愛，你會為她這麼執著嗎？

那個人會不會曾經可以是我，在你還愛我的時候。
擁有過的幸福，怎麼回憶起來都只剩苦楚。

「以為這一次，你也會捨不得我。」

越是告訴自己得為自己留底線，越是知道該是時候放手，那樣理
性、那樣正確的決定，卻一次一次被自己質疑、被延後。

一次道別或許是一輩子的事，不會再親近、不會再聯繫、不能再
愛你，我沒有自信我真的可以。

投入的時間、培養的默契、相互給過的陪伴與溫暖、自己說過又
或是對方說過的承諾，不想、不應該被一筆勾銷的這些，沉沉地
就壓在心上。

我看得見的東西很多，你表現出來的、你和以前不同的、還有那
些你沒說可你希望我明白的。我都看得見、我都清楚，可心啊，
它傻傻的。

我能對自己說我盡力過了、夠了，它卻老是讓我看見、讓我想起你對我好的點點滴滴，兩個人一路走到這裡的不容易，像是告訴我還能努力，於是那些傷心我就可以沒關係。

我的傷心被你捨不得過，以為這一次你也會捨不得我。

那有 什麼

好難過 的？

聽過幾次這種話以後，
　　　好像就也習慣了自己是這樣的人。
　　是那種為了不該難過的事情難過的人，
　　　　是那種在別人眼裡敏感、想太多的人。

　　　聽見認識但不熟悉的人對自己這樣評價，
　　　　　倒不覺得是什麼嚴重的事情，
　　　　　　也不會想去爭論、或是為自己解釋，
　　　　　帶點驕傲地想著：
　　　　　　　　「啊，原來他們並不了解我。」

當自己在意的人也這樣開口了，心就波動地厲害、情緒複雜，不曉得是對自己的或對對方的生氣，帶點無奈、徬徨、失望，和不知道還能去相信、去依賴誰的無助。

他們是看著自己一路走來的人啊，是在好多個失眠的夜裡傾聽過自己的人，就連這樣的他們也並不理解自己，像是一直支撐著自己的靠山，忽然成了一片未知、幽黑的大海，那一瞬間就把自己淹沒，而我是那樣的毫無保留、毫無準備。

所以那些事情、那些人就順理成章地變成了不該為之難過的，因為大家都那樣耳提面命地告訴我，用著他們的方式、說法關心我、安慰我，我也就失去了傷心的資格。

演出別人最願意看到的那個自己，那個不需要麻煩任何人的自己，好的、沒事的、完整的、一如既往的。
下一次再提及的時候，我自己得知道該如何應對，就算心裡還在意也不該表現出來，就笑著說：「沒事了啦，都過去了。」

順便自嘲地回憶起當時多難過的自己，把餘下的那些愛和捨不得當做笑料處理。

難過原來是這樣一層一層的東西，起初的傷心是那麼單純的事情，是不能再愛、是無從挽回、是與你相關；後來在試圖傾訴傷心、期待被理解的過程，就越來越複雜、也越來越失望，是連傷心的理由也被否定、被要求修正，是只能掩飾、是被迫沉默、是與你無關。我就這樣在一次次的難過裡跌得越來越深。

所以，真的沒什麼好難過的吧。
如果我也這樣相信的話，我真的就能快樂起來。

其實 我　不知道，

自己　真的

好起來了　嗎？

該怎麼說才好呢，　不小心壞掉過以後，
　　　　好像也忘了好的自己該是什麼樣子。
　　　其實模仿出所謂正常的模樣並不難，
　　　　　照著一般人的日子那樣去活就好。

　　　　可是或許因為覺得自己偏離過軌道，
　　　想要變好、變得正常的心就很急躁，
　　　　　　總抓不準努力的力道。
　　　　　　　才會明明想著的是讓自己變好，
　　　　　　　　卻又那麼像是要毀了自己一樣。

那時最苦的不是那些反覆襲來的負面情緒，不是想起我們兩個人曾經那麼幸福，不是埋怨你的不愛、我的沒能挽留。

而是我一天天和自己說好不再為你難受，卻又一天天拖延、留在原地，像是每一天把自己打碎一遍，傷心卻沒能少那麼一點。

裝出快樂的樣子時覺得自己虛偽，說是不想讓在乎自己的人擔心，其實也只是不敢去招惹那些關心。

他們給自己安慰、也為自己心疼，可是我卻不能回報同等的進步；他們告訴我會好的、會好的，我卻不能完全相信。

時間或許真的是解藥吧，堅強啊、勇敢啊，這種東西裝久了，好像自己也就真的那麼信了。

以前與你分享的生活點滴也逐漸習慣我一個人也能好好度過，

你的影子不再出沒在我的眼裡、心裡，一次次想起你的時候像是揉散瘀青的過程，忘了從哪一次開始就不會覺得疼了，可我並不知道這樣真的就算好起來了嗎。

在你之後我還沒試過把誰再放進心裡，很多時候會覺得心空落落的，卻也不是想念你、想和你再次相愛的感覺。

心底的那個自己變得有些冷冰、隔著距離，對於再去愛誰、再對誰全心全意有些排斥，好像不能相信下一段關係能有更好的結局。

我真的好起來了嗎？
我真的還可以再去愛誰嗎？
這樣的我，還可以被愛嗎？

「我把你記成壞人了。」

感情關係裡的轉折，常常是司空見慣的劇情。

曾經拚命付出、用心陪伴，好不容易感動對方的人最後先不愛了；
被對方累積的真誠、心意所打動的人，後來反而是最放不下、無
法釋懷的。

像是起初不夠對等的愛或付出，到最後始終公平地叫人心疼。誰
先愛上了誰、誰先更關心誰，後來又是誰得花時間忘記、放下誰。

或許我們總以為自己能是幸運的那個，以為看過、聽過的那些善
變，不會落在自己或對方身上。

後來有好一段時間自己變得很負面，覺得自己很傻，讓自己被感
動，結果最後只剩自己在傷心。想著過往我們幸福的回憶、場景，

也覺得那些都像是假的。

最糟的是當我把你想成壞人，感覺自己像是你努力贏得的獎品。
其實你並不一定真的那麼想要，你只是想證明你做得到。

這樣的念頭讓我覺得自己很糟。

明明你對我好的時候真的很好，明明我們都那樣真心愛過對方。
我卻只能這樣記得你。

有些 不愛 了，

真的 沒有 一點理由。

想起以前有段時間，
　　自己突然很喜歡問你：「你愛我嗎？」

　　　　　得到想要的答案後，還總是得寸進尺地想知道，
　　　　　　　那你愛我什麼。
　　　　　其實自己心裡從沒預設怎樣的答案。
　　　　　　　　所以你說了什麼，那都會是對的，
　　　　　　　你眼裡能看見的、被你記得的我的好，
　　　　　　　　　　都成了那些日後我格外珍惜的。

或許因為愛作為一種情感，它有時很強烈、有時卻又覺得模糊，這一刻能感受到對方是愛自己的，卻也可能在下一秒對那樣的愛失去信心。

愛能叫人多勇敢、就能讓人多脆弱。

誠實地、害羞卻還是開口去索求愛，是在那樣的時間裡渴望一點點公平，期待你也能確認並同我傾訴你的心意，所以我的小小不安就被你細細心疼。

你給過的那些答案、說過愛我的那些理由，後來並沒有不見、我並沒有改變，不見的只是那顆你當時願意哄我的心。
是那顆知道自己也同樣愛著眼前人的心，才讓那些理由能夠是我想要的答案，才能讀懂撒嬌一般的任性背後藏著不安，否則它們就只能是任性、被你厭惡。

只是我太晚懂了，那時我急著想要挽留，

總以為再對你說你以前喜歡聽的話、以為再多陪著你一起做你喜歡做的事，你就真的能再一次看見我的好。

可你的不愛了，並不是我的錯，沒有理由是關於我，所以我做什麼、不做什麼都改變不了你的決定。

我需要的也並不是理解你、不是原諒你，而是去擁抱、去釋懷那個沒做錯的自己。

當時付出、委屈多傻都沒關係，愛始終都關乎願意，那時候我是真的愛你。

我　好想你，

在好多　你　並不知道

的時候。

我總是羨慕著那些能夠直白坦承想念的人，
　　　自己老是缺了那麼一些自信和勇氣。

　　　　　也或許只是想像著，
　　　　　　那樣的想念被傾訴以後，
　　　　流淌在我們之間的尷尬、你的為難，
　　　　　　　　就足以讓我卻步、將我靜音。

無法被訴說的想念
反覆傷心

有時候我會試著說服自己，朋友之間應該也會互道想念吧，所以我告訴你我想你了也是可以的。只要說是朋友的那種就可以了，甚至得提前想好理由。

僅僅是把累積太多的情感揭開一點點，那一點就已經可以讓人變得敏感、脆弱，讓多努力才藏好的自卑都出來作祟，像是嘲笑著心裡一些尚未被證實的想像：自己的不敢坦白其實是我看懂你的不喜歡，你不會喜歡我告訴你那些話，我猜。

也或許那不過都是我的自以為是，我自顧自地演起了小劇場，卻還又把你想像成了一個該是多壞的人。一個不愛我卻又對我很好的人，一個對我好卻又不許我喜歡上你的人。

我只是害怕吧，害怕我的期待會把我們的關係弄糟，害怕我一旦說了想念就會想有相應的回答。害怕沒能得到期待的答案心裡就有了疙瘩，害怕把關係看得透澈就會失去努力的勇氣，害怕自己對你變得貪心。

無法被坦承的想念不代表那是錯的事情，我反覆告訴自己、卻還是反覆傷心。

想你的時候覺得我們離得好近，回過神來才又一次次看清，距離相愛，我們遙不可及。
我很想你、很想你，卻一次也沒說給你聽。

我有時會想，或許有好多、好多無法被訴說的想念都化作了星星，而它們只是靜靜地待在那裡。
被看見、不被看見都沒關係，那都已經是一種陪伴了。

「你可不可以不要對我失望？」

有時候我特別希望在別人眼裡，自己不是那種樂觀灑脫的人。

所以當我沒能那麼快地好起來，不會有人不習慣那樣的我、不會有人告訴我以前的我比較可愛、不會有人一直提醒我說夠了、該醒了、該成為更好的人了。

不好的時候，像是整個世界都看見了我的糟糕。
可我好的時候，大家只是覺得那是理所當然。

我並不是不想要變好啊，
努力著卻還是那樣緩慢前進著的這個自己，
我沒敢說，可是我比誰都要難受、都要失望的啊。

你可不可以不要像我這樣對我，你可不可以也看一看我的努力？

我　不後悔　愛過　你，

真的。

有機會的話，
　　　其實很想親口告訴你這句話。
　　　　　可能的話我想我不會哭，
　　　　我想笑著和你說，
　　　　　　　像以前那樣開心地笑著。

　　　　　　　　　　　# 在你走遠以後
　　　　　　　　　　# 我想像你一樣灑脫

不是想向你證明或討要些什麼，不是為了給自己一個交代、讓自己釋懷。我只是不想讓我們對彼此的回憶，都停留在最後分開時的難堪。

我不想我們都害怕、逃避去觸碰那段過往，明明那裡頭也有很多值得被紀念的好。

我不是一直都這樣覺得的，我其實後悔過，就算讓你知道，這也沒什麼好丟臉的。
一段以為能順利走到最後的關係，還是走著走著就散了，甚至沒能得到你的一個理由，就只有一句感情淡了。

那樣草率的結束，如果我說沒埋怨過、沒恨過、沒後悔過，好像連自己都會覺得太矯情了些。

最開始不再聯絡的時候，一部分的我無法相信自己就這樣被留下了，一部分的我想要像你一樣灑脫，於是就算只剩一個人，

還是很努力、很刻意地想把生活過好，甚至給了自己目標是要比你更好才行。

可還有一部分的我總懷念著你對我的好，明明已經被這樣毫不在意地捨下了，卻還是無法克制地去想起過去的幸福。

我越是想念，越是覺得像在作賤自己。
我應該要全然地討厭你、埋怨你、恨你的。

那時候我的後悔其實很複雜，後悔自己沒看清楚原來你是這樣的人，後悔那些用心付出都被一一辜負，卻也後悔自己有很多地方做得不夠好，後悔在那些問題爆發前總是忽略、逃避，後悔有好多好多的感謝和愛來不及對你說。

對你很多的情緒和話語，在你走遠後還留存在我這裡好久。

最傷心的那段時間，我以為它們就會那樣陪我一輩子了。

可是往後的時光比我想像的還要長很多，新的日子不斷地來
到、沖刷著過往的顏色。曾經以為不會好的，偷偷地也被時間
好轉。

回憶褪去了傷心的殼，我不再否定我們一起經歷過的那些。
我認真地愛過、也認真地傷心過，有你陪伴的日子有我無法否
認的美好。
我被愛過、被理解過、被擁抱過，我們為了彼此都那樣用心過
了。

我給過、也擁有過那麼多的好，已經足夠了。

謝謝你　愛過　我。

我們成為那個更好、更好的人以後，
　　　　卻還是偶爾會想念，
　　　　　　　那個在自己不夠好的時候，
　　　　　曾經陪伴過自己、
　　　　　　愛過自己的人。

　　　　那種感覺並不是期待著能再次相愛，
　　　　　　而是想起那段時光裡單純地可愛的我們，
　　　　笨拙地給予、表達、說明各自的愛，
　　　　　　　　卻也曾不知輕重地傷害了彼此。

不過呀，想起你的時候，有後悔、有遺憾、可更多的都是感謝，謝謝你那時候看見我身上值得愛的地方，而且那麼認真、那樣真心地告訴了我。

在我們分開過上各自新的生活以後，當我遇見日子裡難免的挫折與失望，無從對他人訴說也覺得無處可躲時，我總會想起你給過我的鼓勵。

那個在你眼裡曾經閃閃發光的自己，你對我說過你愛著的那個我，後來也拯救、拉住過幾次我自己。

不知道你心裡的我現在會是什麼模樣，如果你想知道的話，我想和你說：
「我現在變得更好了，那樣的更好裡頭，永遠都有你的一份，謝謝你愛過我。」

「謝謝你當過我的星星。」

現在我回過頭想，喜歡你的那段時光其實格外魔幻。

在我尚且對未來迷茫失措的時候，我只是跟隨著自己喜歡你的心意去走，追尋著一個遙遠的、不屬於我的星星，日子竟也就那樣和緩地前進。

我或許從沒想過要成為什麼樣的自己，我只是看著你想去的方向、願陪你一路同行。

謝謝你曾經是我所追求的意義，謝謝你不經意在我的生命裡放光，謝謝你陪著我成為現在的自己，謝謝你過去到現在都還是那麼好，像是你溫柔地、偷偷地告訴我，我的喜歡，一點、一點都不可惜。

一 個 人

我 愛 你，
可 是 你 愛 我 嗎？
有 一 天，
你 也 會 愛 我 的 嗎？

Story about me

「我一個人吃飯、旅行、到處走走停停，也一個人看書、寫信、自己對話談心，只是心又飄到了哪裡，就連自己看也看不清……」耳機裡播放著阿桑的〈葉子〉。列車緩緩地停了下來，最後卻突如其來地有了一次大的晃動，我趕忙握緊手裡的握把，確定真的停住了以後才又鬆開。

攥緊過的手掌從用力時的慘白也慢慢恢復紅潤，貼著握把的指節處傳來一點疼痛感，到站了。

提著裝了剛買的書的紙袋下了車，週日的晚上六點多，在這站下車的人不少，因為只有一個出口，大家都朝著同一方向前進。火車站的播報系統運作著：「開往嘉義，十八點二十九分的區間車即將進站。」走在我右前方的是一對父子，被爸爸抱著的孩子彎曲著手指像是數著什麼，開口說：「十八點好晚喔。」爸爸回他：「對呀很晚了，所以我們要趕快回家了，媽媽已經在家裡等我們一起吃飯了喔。」接著他稍微加快了腳步，孩子趴在他的肩上咯咯直笑。

我藏在口罩下的嘴角微微漾起笑意，也許是羨慕著孩子的單純童真。時間對他來說或許還不是那麼具體的概念，數字的大小限圍於他所學的知識，又或是他手指能夠數出的範圍。他若是知道大人的世界裡有著「永遠」這樣的詞彙，他該有多麼驚訝呢，他想像得到的永遠會是什麼模樣，又會把第一次的永遠許給誰呢，但願那不會是個傷心的故事。

也或許我羨慕的，是有人在等著他們回家，他們是被期待著、被等待著的人。在這座總是擁擠匆忙的城市裡，有著獨一無二的歸屬感，他們知道有一盞燈為他們點著、知道有一個人擔心著他們、知道自己是被愛的。

一個人去看電影、一個人去按摩、一個人去剪頭髮、一個人去吃飯、一個人去逛書店，再一個人回家。

週日的早場電影比我想像中的還要多人，不確定是都和我一樣想要省錢，還是單純想稍微避開點假日的人潮。買票的時候，

排在我前面的一對情侶想看的那部電影、那個場次和我一樣，櫃檯人員和他們說不好意思，說兩個人排在一起的位置只剩下第一排的座位，如果是只要買一張票的話，那還有好的位置。男孩轉頭問了女孩的意見，溝通過後決定買下一場的票，他們可以先去附近的商場逛逛。

我選了那個一個人的、好的位置，中間靠後的一排、走道邊的座位，覺得自己幸運。電影開始前播放了介紹兩側逃生出口的小短片，螢綠色的光源搭配上白色小人的標準配置，多數人毫不在意。

我想起一年前，一次看電影看到快結尾時遇到地震，座椅有些劇烈地搖晃著、放映的布幕晃動，投射在上頭的畫面像是水面起了波瀾，我也不禁有點緊張。那時原先放在一旁的手突然被握起，輕輕地，一向不喜歡在看電影時聽見別人討論的你轉過頭來，小小聲、但讓我能聽見地說了一句：「別怕，有我在。」接著你說，如果等一下還在搖，我們就從右邊那個出口出去，

那邊離我們比較近。只是在你說完以後，地震就停了，座位間的交談、嘈雜聲也在一分鐘裡慢慢平息，電影繼續。你悄悄地把蓋在我手上的手收了回去，之後我幾次看向黑暗中你的側臉，上頭只有平靜，像是剛剛什麼也沒發生過那樣，你沒握過我的手，我也沒有心跳加速，誰都絕口不提。

我沒告訴你的是，我其實以前做過這樣的夢，在夢裡我們坐在一起，而你握著我的手說了些什麼，我以為那只會是夢、只能是夢。
我沒想像過那會是真的，我沒敢想過。

電影是好看的，那時候的那場，和今天我看的這場都好看，只是我們已經不一樣了。

- - -

「妳很能忍欸！」按摩師傅一邊按壓、放鬆著我的肩頸，一邊

和我聊天，笑著說出了和上次我來按時一模一樣的話。「如果很痛或很不舒服，真的要跟我說喔！我可以調整力道，我很怕妳不敢講。」我帶著有些壓抑的嗓音，略微顫抖地回他好。

我或許真的是擅長忍耐、也擅長等待的那種人。

說是擅長好像有些太自信了些，應該說是沒有其他更突出的優點，但其實是人人都可以做到的程度。並不是天生就知道自己能夠這樣，只是遇到了、做了，於是發現自己適合。對我來說，或許事實是不知道自己還能做些什麼了，所以忍耐、所以等待。我一點也不想把自己說得、想得多麼無辜或可憐，我只是恰巧做了那樣的選擇，遇見你、認識你、愛上你、等你。

我愛了你六年，和你明示、暗示著告白了三次，你不愛我、卻又好像捨不得我難過。你沒有其他比我跟你更親密的朋友或曖昧對象，和唯一的前女友也完全不聯絡，可你還是不打算跟我在一起，只是願意放我在身邊，讓我愛你，你也有理由對我好。我們偶爾會說曖昧的話、偶爾你會說你想我，可是現實生活裡，

我們不牽手、不擁抱、不親吻。你知道如果你想要的話，其實我是願意的，只是你從來沒有向我索求。

最開始，你說現階段並不想要談戀愛，說你還沒有準備好，於是我等。後來再問過你，你給了相似、卻又有些不一樣的理由，我還是相信。再後來，我不太開口去問你、去觸及那一條線，怕會給你壓力、也怕得到那種我無從拒絕的理由。

我曾經用盡全力地去推矗立在我們之間那一堵透明的牆，到最後卻絕望地發現是你抵在牆後。

掙扎過好多次，設下停損點，卻每每在瀕臨底線之際，又開始捨不得。心裡一部分的自己哭著說還願意，一部分的自己激動地說著不可以，我的矛盾那麼用力地在撕扯著我，卻在面對你的時候，還死命拼湊、撐起那個笑著的、你熟悉的我。

我愛你，可是你愛我嗎？有一天，你也會愛我的嗎？

「新的髮型，妳自己上次回去之後還習慣嗎？留了那麼多年的

長髮，突然剪很短⋯⋯」設計師邊整理著我的瀏海邊說道。
『還滿習慣的呀，夏天剪短髮變涼超多的，我只後悔我沒有更早剪這顆頭。』閉著眼睛，我回答她。她笑了起來，我也笑著，發自內心的那種。長髮一直是你喜歡的，不是我喜歡的。

決定要好好放下你以後，才發現我的日常裡有好多與你相關的事情，而我需要一點、一點剝離。

下定決心要放棄的瞬間，不是看見你和其他女生很親密的照片，也不是我遇到了比你更好的人，而是日子過著過著，我突然意識到：『我真的等不到你了。』

這些年，因著你說的話，我設下一個坎、一個原因、一個理由，以為那個東西是會過去的、想像著有一天你會為我改變，但原來不會，那些都只是我的以為、我的想像而已。我感動不了你，也沒辦法叫你心動。

我曾經以為會很難受的，像是浪費了這樣一段時光、和好多好多的感情，但也沒有，或許我只是想通了早該想通的事情。

六年了，我可以繼續等，但沒必要了，我不想要了。

- - -

吃過晚餐後，我走到一旁的書店閒逛，身上火鍋店的油煙味顯得有些刺鼻。漫無目的地走著、翻閱著有興趣的書籍，詩集、勵志類、甚至是語言類的工具書，都走過去翻了翻。看到喜歡的篇章會不敢繼續多看幾眼，怕一不小心就會想要把它買回家，可是相對拮据，今天已經花很多錢了。在有限的資源裡，才顯得每一次的選擇都珍貴，話總是說得很美，但一言以蔽之，我就是窮。端詳了很久，選擇障礙了好一陣子，才決定對荷包狠下心來，買一本早就想買很久的現代詩集，架上只剩兩本。

要結帳的時候，看到有一個男生推開書店的門後，逕自走向推理小說區，目的性極強，三十秒不到的時間便選好他要的書，

走到櫃檯，排在我身後。他是那麼堅決、專注，眼裡彷彿放不下其他的書。突然覺得那本書好幸運，可以被如此堅定地選擇，多希望我也是那樣的人，曾多希望那樣選擇我的人是你。

只是我不能，你也不能。

距離租屋處五十步開外的超商，我準備在這裡買一瓶甜的酒類再回去，濃度不必很高，只是想要微醺而已。窗邊角落的內用座位上坐著一個女生，趴著、桌邊零落地擺著四罐台啤，三罐已經被喝完、捏扁倒下，一罐還在她手上。她沒有吵鬧、沒有哭，只是看著手邊的手機，不確定是在等待、還是在回憶。不知道為什麼，看起來甜甜的、比較好喝的酒就是比喝起來苦澀的啤酒還要貴上許多，只是想要買那種甜一點的醉，竟也這麼艱難。最後選了一排三罐裝、特價中的蘋果酒，說服自己這樣比較省一點，之後平日工作累了回家突然想喝也就有著落。

結完帳走出店門口，回頭看著店內的場景：喝醉了的女生、打

哈欠的超商店員、天花板上一隻不小心飛進去的藍色蝴蝶。
如此迷幻又可愛的週末尾聲。

搭上電梯，裡頭靜得只留下我的呼吸聲和機械運轉的作響。被
鏡子環繞的密閉空間，敏感時覺得自己的裡外都被照清，時而
感到壓抑，卻也時而懂得整理自己。出門前、回家後，一個人
的時候，我偶爾也會在這裡練習微笑，因為感情、因為工作而
不免失衡的生活，的自己。在一段不長不短的時間裡，好像會
連怎麼笑都忘記，甚至有時明明是笑著，卻又顯得那麼悲傷。
我其實沒有非得要求自己每天都活得開心，我只是希望如果要
笑，就要為了真的幸福的事而笑，不用假裝、也不必逞強。

今天也是一個人的生活，今天我也把自己過得不錯。

04

終於

我

喜歡你，

Answer

這

是我的答案

我努力地靠近，不是非得為了到達

只是用著自己笨拙的方式
期望你也能看見自己是多好的人
而我是那樣愛著這樣的你

連　朋友　　也不是了 的

這個　我們。

我很好奇，你後悔過嗎？
　　我不是指因為沒能接受我的心意這件事，

　　　　　而是說後悔讓我和你變得親近、
　　　　後悔對我好讓我覺得自己特別、
　　　　　　後悔沒能在最開始就劃清界線。

　　　　　　　　　　　# 我的自作多情
　　　　　　　　　　　# 你的友情客串

或許因為知道你可能永遠不會和我說實話，所以才會特別想知道那些答案。

就算是現在這樣禮貌而疏遠的關係，我還是那樣關心、在乎你是怎麼看我們的，過去的、現在的、未來的。
我甚至不知道我們算是曖昧過嗎？
在你的記憶裡，我曾帶給過你逼近愛的感受嗎？

我該如何記得、該如何轉述，如果沒有你的允許或承認，我們相處、共同擁有的這段時間，都只能是我一個人的自作多情，所以你也只是友情客串。

你開心嗎？你開心過嗎？
我努力了解你、靠近你、討好你、喜歡你。
你也好像願意讓我對你用心的過程裡，你表現過的快樂，是真的嗎？這會是我的惡劣或是我的自卑呢？
我想過會不會你只是喜歡被愛的感覺，而那個人是誰，其實你

都無所謂。

得要靠得夠近、深入至生活裡許多細節，才足夠讓你相信我是愛你的、真的愛你，你也才能在那樣感受過對方的心意以後，再一次決定也確定你是不愛我的，像你最開始就知道了的那樣。

直白地說了喜歡、期待自己可以是你的獨一無二，以為就算失敗了，只要自己不在意、不表現難過，至少還能繼續當朋友。

是我太天真了，嘗試跨越界線以後，哪有什麼是不會改變的。

兩個人從親密走到疏離，原來不一定是誰做了對不起對方的事，不一定是時間沖淡了情感，可能只是其中一個人太貪心了，我以為的勇敢，原來只是衝動。

你沒想要給我的，我不該去求、去問。

我總是這樣自私地把決定權丟給你，卻又不能完全滿意、接受你的答案，不能不去傷心。

或許真的是我不好、不夠好，一直都是，
所以你不愛我，也不願意讓我愛你了。

「我們坦誠地去愛，好嗎？」

後來想說的話明明都已經來到嘴邊，提起嗓子卻只是在口中輾轉
了幾回。最後什麼也沒選擇說，把那些心意都嚼碎連著口水一同
嚥下。

想想或許是我們的習慣不同吧，你總覺得沒必要把一些話時常掛
在嘴邊，覺得自己不擅於表達就乾脆什麼也不說。
在我偶爾也想聽你說想念我、喜歡我時，甚至會變得不耐煩、覺
得我任性。

就算你可能只是敷衍我，打個字、傳訊息告訴我一句你想我了，
我都可以為這樣一件小事開心一天。

我同樣會對表達情感感到害羞啊，我也會害怕選擇赤裸的自己不
被接住。

可我還是想和你說、想坦誠地去愛你，也誠實地面對自己，因為是你。

老是說喜歡你、說很想你、說謝謝你，你或許覺得這些話說多了顯得矯情，可那些都是我的真心。

我還 愛著 你 嗎？

或許 我只是 不甘心。

在感情世界裡的當局者迷，
　　　不是真的盲目地什麼也看不清，
　　　　　很多時候反而是我們假裝著、
　　　努力維持著某種如履薄冰的平衡。

　　　　　不被指認、不被戳破的話，
　　　　　　好像自己是願意一直那樣下去的。

　　　　　　　　　　　　　　　# 一個人
　　　　　　　　　　　　　# 無法喊停的愛

被在乎自己的人安慰、指責你的不作為時，有那麼幾個瞬間心裡居然對這些關心生氣，一部分或是不願自己的難堪與卑微被看見，一部分是自己再也不能繼續裝作不懂了。

知道那些關心、那些安慰都是善意，卻也像是重複提醒著我「該前進了」，逐漸調大音量對我說「別再傻了」。

停滯的時間於是被打破、倒數的沙漏重新開始運作，知道終究得結束卻還是拚命留在原地的我，不斷逃避現實的我，終於無處可躲。在你已經選擇要結束關係後，我的感情卻不能說停就停。

我也不知道期待著餘下的心意是什麼，是明明知道結束了卻傻得無法喊停的愛嗎，或只是不甘心自己居然這樣被拋下。

我不知道為什麼自己執著著這些其實已經無關緊要的問題與答案，甚至不知道弄清楚後自己真的會好受些嗎？

我只是一個人留在這裡，一個人做著一個人還能做的事情，一個人想著一個人想不通的事情，一個人回憶、一個人哭泣。

藏在心裡可能一輩子再也無法訴說的心意，是愛也好、是捨不得也好、是不甘心也好，我真正想要的，都是我知道我再得不到的。

「對的決定，

　　　　也還是會忍不住傷心。」

我想好好放下你了，明明是好傷心的事情，他們卻只是告訴我說，這是對的決定。

或許比起看到我在做了這樣的決定後，能得到些什麼、能有著怎麼樣的成長，我更希望他們能看見、能試著理解，我選擇放下的這些，對我來說，該有多麼珍貴。

比起遠遠地對我說、稱讚我：「你做得很好，你做了對的選擇。」

我更希望他們靠得近一些，來看見我同樣為了所謂對的選擇而傷心著，能和我說一聲：「沒關係，我懂、我在。」

和你 的 道別，

原來是 這麼 漫長的 旅程。

不是沒想過我們會分開。
　　　　決定在一起前我想過，
　　　　　相處遇到瓶頸、衝突時我想過，
　　　　　明確感受到幸福卻害怕失去時我想過。

　　　　　我明明想過的，
　　　　　　卻還是在真正面對時，
　　　　　　　不知所措、歇斯底里。

　　　　　　　# 你的不好我也想擁抱
　　　　　　　# 不會實現了

或許是後來隨著時間的推進，我們累積了很多兩個人獨有的默契、陪伴彼此度過、熬過幾個生活裡的難關，見證過彼此的糟、也陪著彼此慢慢地好。我知道、感覺到自己越來越愛你了，也好不容易有了自信與決心，覺得自己好像真的能完整地愛好一個人。

還有好多的話想和你說，還有好多的地方想和你去，還有好多的明天想有你陪，我總覺得我們還有好多的時間，所以這些都不會來不及。

這次沒說的想念下次我會勇敢說出口，今天沒去成的景點下次我們再找時間去，上次你欠我的一個長長的擁抱，我還記得你說會加倍還我。

這些日常裡平凡不過的嚮往和承諾，我記得的、我不記得的。都突然公平了，它們都不會實現了，就算我那樣掛念。

我以為你是不一樣的，我以為我是不一樣的。
我以為這一次愛，儘管艱難，我們都會努力撐過去的。
我以為你愛我和我愛你一樣堅定。

了解你越多，我越覺得愛你是好的決定，是我幸運不過的事情、是我每一天都更加確定的真心。

那樣的心意並不只是因為你對我好而遞增，不是因為我看見的你是一個多完美的人，而是因為我認真地感受到自己是如何憑藉著愛你、想對你好的心而熱烈地活著。

我看見你的好，也同樣看得見你的缺，於是在擁抱你的時候用力抱你，沒說但希望你懂的話是希望你知道，我是連你的不好也想擁抱住的人啊。

我總在這樣的作為裡確認我是真的愛你，知道我是如此願意、願意任日子與愛共生，願意無論日常是幸福或不安都有你參

與。越是後來，我越是確定，可我卻忘了問你、問你是否也願意，是否還願意。

深愛過後的道別，原來是這麼漫長的旅程，感覺自己擁有的時間突然變得好長，我卻還是不知道自己是不是捨得遺忘。

我應該要怪你的、可我還那麼愛你。
我應該要放下你的、可我還那麼想你。
我不恨你、我恨我愛你。

在 你　離開後，

我 很努力

想把 自己　過好。

並不那麼仔細數著日子，

　　　　從我們真正開始沒有聯絡的那天開始。

　　　　　　　像是看不見的裂痕最起初的端點，

　　　　悄悄地便往後延伸，不知道會通往哪裡，

　　　　　　　　　　或許會是一個更好的開始吧。

　　　　　　　我只能這樣想像，還能更糟嗎？

　　　　　　　　　　　# 慢慢遠離我的你
　　　　　　　　　　　# 不再主動靠近的我

回憶原來是這麼黏人的東西，靠得很近的時候從沒發覺，也並不刻意地想記得些什麼。可是逐漸疏遠以後，沒有預兆地，所有畫面、聲音、氣味，都突然清晰地那麼銳利，一想念就會劃傷自己。

我們還是維持著朋友關係，還會在社群動態上看見彼此的消息，還是像以前一樣在交會的生活圈裡。好像一切都沒有改變的這些表面，只有我們自己知道、只有你和我知道，內裡早就不一樣了。

不必明說的默契，會是我們各自都嘗試避免非必要的遇見、交流，碰面的話連問候也會覺得尷尬，帶著曾經那樣親近的記憶去感受陌生，難堪、遺憾、責怪等情感湧上胸口，或許你也能察覺相似的複雜，可我們已經什麼也不能說。

我甚至不敢想像，會有那麼一天嗎？
會有那麼一天我們真能釋懷這些，可以面對面坐著笑談過往；

會有那麼一天我心裡還抱著的期待、炙熱得害怕自己忘不掉的情感也會轉淡；會有那麼一天我們都能真的各自幸福。

我不知道，也或許是不敢知道，那個已經不愛你的我，會是什麼樣呢？

會不會笑現在的我傻得可以，或是會心疼現在還不放棄的我，又或是會羨慕現在的我，是這樣真心、卻又這樣任性，去不服輸、去捨不得、去愛你、很愛你。

那你呢？慢慢遠離我的這個你，你真的覺得比較好了嗎？我不禁會想。
斂收著心意、不再主動靠近的我，還有著你必須得要迴避的理由嗎？

你不想我誤會，不想我再為你浪費時間，你就果斷地為我們決定關係的距離，溫柔地說對不起，轉身過去不看我的傷心。

我其實很努力想把自己過好，不是想向你證明些什麼、不是希望你後悔，不是只能讓自己變忙、變充實才能不想你，我只是害怕如果我在離開你之後變得糟糕，會不會有人把我過得不好的錯怪罪給你，我不想這樣。

如果你願意知道的話，最近我還是有那些特別想你的時候。
我的現實給了我好多挫折和失望，或許它們是想讓我成為更好的人吧，我總是這樣告訴自己，哭著、沉默著。

有人說老是懷念過去的美好是前進不了的，但是我啊，光是想著那些過去而生活著，也已經很努力了。

「我得花多久才能放下你呢？」

從來沒想向誰證明自己多麼痴心，也並不需要留個專一的名聲，
如果別人眼裡這些好的、值得讚許的，有人願意交換，其實我是
願意給的，他們或許不知道這是好傷心的事。

生活裡的好多角落都藏著無聲的地雷，與你有關的事只在我的世
界轟隆作響。
共同經歷過的、想過和你一起做的，太多的畫面與日常我避不開，
我只能面對、逞強、想念、壓抑，一個人。

我好奇著別人能夠去放下所需的時間，或許只是期待聽到一個足
夠漫長的答案，能夠告訴自己還能在那樣的期限裡想你。有機會
的話，就輕輕地放下你，允許自己再去愛人、允許自己再去被愛。
也或許我最想知道的是你的答案，你不愛我以後、我們不聯絡以
後，你有沒有、有沒有想念我的時候？

我

一直　都在。

有那種特別傷心、特別想放棄的時候，
　　　我總會想，
　　　　　你就真的那麼確信，
　　　　　　　我再怎麼樣也不會離開你，
　　　　　是不是如此你才捨得這樣對我？

　　　　　　心裡清楚對關係懷揣著不同期待的彼此，
　　　　　　　　本來擁有的心意、該付出的努力本就不同。

　　　　　　　　　　　　　# 比較被愛的人
　　　　　　　　　　　　　# 一直都在的人

對於你來說，朋友的關係是你要的距離，你就想安於那樣的現況裡。而我總希望朝著愛情的方向靠近，卻又不想給你壓力，連付出都很小心。

其實沒有誰比誰更用心，愛情和友情也沒有好壞、高低區分。有著的永遠只是各自的選擇，而我們也只是為了自己的選擇努力著。

或許是我沒能好好掩飾自己的心意，即使不曾明確地告訴過你，整個世界好像都還是看見我對你偏心。從最初的害羞、會想刻意迴避，到後來的明目張膽、習慣了被調侃。不變的只剩沒有那樣一句親口的承認。

明明那麼期待著我們能在一起的，可是卻同時害怕著結束漫長的曖昧，我好像從沒得到那樣的信號，能夠讓我相信你也有著相同感情的可能。

你在你開心時、願意分享些什麼的時候，像個孩子，主動地像是我平常的樣子；可你在狀態不好、什麼也不想說的時候，也毫無預兆、從來不會想給我任何解釋，安靜地像是已經忘了我，我也無權爭取。

我好像永遠只能等著你的願意，我的努力、我的真心，都需要你允許才能接近。

「我一直都在。」這句話，有時候想來是那麼傷心的事情，一直都在的人啊，好像、好像就容易不被珍惜。

每每想起那是我自己的選擇、是我的願意，所以我的傷心都是因為我的貪心，你從來沒有要求我這樣做、沒有要我為你付出些什麼。

你生活裡的優先次序本來就不應該因為我這樣與你無關的傷心而有改變。

被選擇性忽略的心意、的自己，好像也就沒了什麼抱怨、責怪的權利，是我自找的、是自己就算這樣還是捨不得放棄。

比較被愛的那個人，總讓關於愛的這一切，顯得好不公平。

親愛的，

希望　你　好好的。

最後一則聊天紀錄被刷到很下面的位置，
　　　回過神來，
　　　　　我們已經在一個尷尬的距離，
　　　　　　　想要問候什麼卻也找不到適合的理由，
　　　　　突然開口又害怕其實你也默許這般疏遠。

無話不聊的那時
只是有點懷念

在這個訊息來回很快的時代，有太多的方式能夠找到對方、透過照片、文字能看到對方的近況，我們反而失去了那種主動聯繫的衝動。看彼此的限時動態、按讚貼文、看著對方的頭像一旁顯示上線，好像以為這樣就維繫了過往的情感，好像能看得見那些就真的還像從前。

曾經多熾熱的情感、關係，友情也好、愛情也罷，原來就是這樣無聲無息地轉淡，不一定會有什麼轟轟烈烈的轉折，也不一定得是誰做了對方不能原諒的事，就只是兩個人都沒主動了，這樣而已。

想著這些的時候，心裡不是想責怪誰或覺得委屈，在已經淡得連問候也覺得彆扭的現在，我哪裡有資格來感到不滿呢？

只是就想起了和你一起度過的時光。
兩個人花上大把時間聊天、分享，無話不聊的那時候的我們，我只是有點、有點懷念了。

不管怎樣，都希望你好好的，不管你走得多遠了，我都這樣為你希望著。

一個人 的 日子裡，

要更懂得 珍惜 自己。

找到自己心甘情願去付出的人或許不容易，
　　　但再怎麼不容易的相遇，
　　　　　也要適時地知道保護自己。

　　　　　很努力了但還是不被選擇，很可惜；
　　　　　　　很用心去經營過了但他還是放棄，很可惜；
　　　　　很卑微地去挽回過了但結局沒變，很可惜。

值得被愛的人
希望變得透明

在愛裡會有好多、好多覺得可惜的事，那並不會因為我們聽過什麼道理就不傷心。

知道感情時常不會是公平互相的，可還是免不了那樣期待。
知道對方真的已經不愛自己了，卻如何能真的說放手就放手。

其中最可惜的，或許是我們因為對方的不愛、不選擇，居然也就相信了自己是不值得被愛的人。

愛會依賴、會期盼、會貪心、會卑微，會滿心滿眼都是他、會一心一意只念他，多麼喜歡、多麼願意讓他是自己的全世界，卻又那麼不應該讓他完全地來定義自己。

不管是選擇去愛人或有幸被愛的時候，人都是泛著光的，只是自己常常無法察覺。可能是太在乎、太期待他來愛自己了，所以總覺得只有那樣，自己的心意、甚至是那一整個自己，才算得上是有價值。

有過不被選擇的經驗以後，有一段時間會變得好難相信自己值得、可以被愛。急著想去改變、或遮掩自己的一些什麼，像是一次丟掉了過往所有的自信與勇氣，突然希望自己變得透明，不願再被誰看見自己的不好，也好像自己身上只留下不好似的。

可事實從來不是那樣的啊，不管是在得到他的答案以前或以後，自己都一直是、也已經是值得被愛的人。

一個人的選擇，從不磨損另一個人被愛的資格，值得、不值得永遠是自己說了算。

「會傷心是因為真的喜歡過。」

其實我懂的，「我喜歡你的心意」和「你不喜歡我的選擇」，同樣自由、也同樣珍貴。

其實我明白的，只是我還是忍不住傷心。長大以後，知道為什麼會哭的我們，明明知道原因、也懂得許多道理的我們。

原來、原來偶爾還是會像小時候一樣，止不住淚流。

「會傷心是因為真的喜歡。」總有人說。
傷心才沒有那麼偉大，我的傷心就只是傷心。

可以　請　你

等等我 嗎？

在年歲的琢磨過後，
　　經歷過幾段故事、不同關係，
　　　　我們都變得比以前細膩、小心。
　　　所有的距離都仔細拿捏，
　　　　　害怕自己受傷、更害怕自己傷害別人，
　　　　　　不管是無意或是有心，
　　　　　　　　都並不想要。

　　　　　　　　　# 藏一點自私
　　　　　　　　　# 不夠好的自己

偶爾吧，好像還是會在自己的付出裡照見藏在心意底下的一點自私。在某些我以為的好卻成為你的負擔時，我總能看見是我需要、我期待能那樣做，而不是你想要那樣被愛。

每每在你眼裡、話裡、態度裡讀到這些，我應該要知道用更成熟的方式應對。可到了那些時候，我總被自己心裡躁動的難堪或尷尬感給嚇得逃離。害怕直視你、害怕面對你的所有回答，害怕是不是這次你就會離開我。

如果我從你身邊逃跑，你可不可以相信我不是真的想離開？
你可不可以在那裡等等我、就等我一下？

我只是需要時間來調整自己，我不知道你有沒有那麼喜歡我。
所以我想要在你面前總是好好的，我不敢讓不夠好的自己被你發現。
我會好起來的、我自己會好的，你可不可以等等我？
可不可以不要那麼急著離開我？

生活 是　一場

漫長　的　　練習。

有時候我會浪漫地想呀，

　　　　　或許長久以來的生活都是一場練習，
　　　　在不同的情感關係裡
　　　　　　　體驗過各種遭遇，
　　　　　　　　遇見、熟悉、疏遠、誤會、錯過、失去。

對的話、想說的話、該說的話，其實很多時候並不是同一回事，於是在不斷地揀選裡，好像就會逐漸看清兩個人該是什麼關係、能是什麼關係。

或許這場漫長的練習，都只為了能讓這樣的我好好遇見你。

那些過程的總和讓我知道，對的話、想說的話、該說的話，在你面前都只會是同一件事：

「我愛你，很愛你。」

希望 世界

不會辜負 你的 善意。

希望你能總是抱著溫柔的心，
　　　慢慢累積自己的堅定。
　　　　希望每當你努力選擇善良，
　　　　　　你的世界都不會辜負你的善意。

　　　　　　　　　　　　　# 溫柔不是脆弱
　　　　　　　　　　　　　# 溫暖的心

在成長的過程裡，我們總期盼、嚮往著某一種夠好的自己，總覺得要到那樣程度的自己，好像才值得被喜歡、被關心。
所以會用很多的方法嘗試，時常也可能會委屈自己，覺得：「沒關係啦，不要去計較太多。」

明明已經很難受了，卻還是不斷告誡自己：要溫柔、要善良。

可是溫柔不是懦弱呀，溫柔不是讓自己變得脆弱，而是在每一個需要做出選擇的時間點，在不去傷害別人的前提裡，堅持自己覺得應該要堅持的地方，溝通能夠溝通的部分，也能對無法接受的點勇於拒絕。

溫柔能帶給人力量的原因，也正是因為那顆柔軟、溫暖的心呀，有了各自不同所想要堅持的理念。

是這樣的堅持、有心裡那麼需要保護的地方，才支持了日常的柔軟，也讓每個人的溫柔都變得特別，閃耀著各自的光。

「我喜歡你。」

其實對你說「我喜歡你」的這個決定，已經不算是一時的衝動，
心裡演練過好多次說這句話時的表情。

該用什麼樣的語氣，裝著好滿的心意，比平時還快的語速和一點
點顫抖的聲音，反覆練習、虔誠堅定。

不過比起鼓起勇氣說出自己的喜歡，我覺得更需要勇敢的是去面
對、去接受自己的喜歡可能不被喜歡的這件事。

更多的時間裡我想像著那些可能，一次、一次地收拾著自己受傷
的心，練習坦然接受所有不如所願的結果。

知道你也該會有你的選擇，我卻是那樣想要相信你也會愛我。

我喜歡你，是我的答案、不是我的問題，我不是向你提問、向你
要求，我只是想讓你知道。

我是這樣喜歡過你，我想讓你知道。

害怕承諾的我們

這一次，
我想要相信自己
也值得幸福。

Story about Us

「現在幾點了？」

猛地從床上坐起，房裡的燈都還亮著。床頭背靠著、緊閉著的
淡灰色窗簾還沒透出光，想來時間還沒來到清晨。心裡閃過
「該不會我睡了一天一夜，所以這時已經是隔天的夜晚」的荒
謬念頭，隨即甩了甩頭，試圖讓自己清醒一些。習慣性地想從
床邊抓起眼鏡戴上，卻發現在一旁的只有手機。也許是剛醒來
就直面天花板上的嵌燈，起初雙眼稍微有些刺痛感，看向光源
處更有暈散開來的感覺，像眼裡乍起大霧，想揉一揉眼睛的時
候，才覺察到原來自己根本是戴著眼鏡睡著的。

半夜兩點二十四分，正對著浴室門口的對外窗傳來機車呼嘯而
過的聲音，手機螢幕上除了明晃晃的時間以外，沒有跳出任何
其他通知。

仰著頭、任稍帶涼意的水柱打在臉上，力道是一點點的疼痛
感，閉上雙眼的幾秒鐘裡，腦海裡閃過今天一天的行程，和昨

天、和明天可能都不會有太大的不同。說不上是枯燥乏味、或是一成不變這些過於嚴肅的字眼，就是普通的日常而已，上班、下班、回家，再上班、下班、回家，像多數人一樣。

在學生時代，或許是看了太多言情小說裡關於辦公室戀情的描述，所以對朝九晚五的職場生活一直很嚮往。等到自己真的成為一名上班族，才發現光是應付自己的工作內容、開不完的會議、與同事間的適當社交等，就已經快要忙不過來，不加班就不錯了，哪裡還有精力去經營什麼辦公室戀愛？
大概在我開始上班一個月後，我就明白到了這個道理，意識到小說裡的劇情不一定都是騙人的、但有很大的機率不屬於自己的時候，有種「啊，我又長大了」的錯覺，有點苦澀。

「妳今天也沒有傳訊息來。」吹頭髮的時候，我想起剛剛驚醒過來，拿起手機除了急急忙忙地想確認時間外，也有一部分是想著妳會不會傳來訊息，結果我卻因為不小心睡著了、過了一段時間才回覆妳的那種慌張感。發現一則通知也沒有，覺得鬆

了一口氣，卻不免也有些失落。

我們已經五天沒有聯絡了。其實時間並不算長，只是自從變得熟絡以後的兩三年時間裡，幾乎每天晚上都會聊上個一兩個小時，已經像是習慣，像是各自日常裡的一環。這是第一次我們變成這樣，無聲無息、誰也沒主動再去和對方說話。算不上是吵架或冷戰，也不是誰做了什麼傷害對方的事，而是對於關係的走向，兩個人所懷抱的期待有著不同的模樣。

『我想我喜歡你，不是朋友的那種喜歡，是想和你在一起的那種喜歡。』

那天晚上洗完澡後，一手拿起披在椅子上的乾毛巾要把頭髮先稍微擦乾一些，一手點開手機螢幕，發現妳傳來十幾則訊息，以為妳出了什麼事情，連忙把手機解鎖點了進去，最上面的第一則是這樣的一句話。

『想要有對的答案，不能害怕去問對的問題。』妳說這是我曾經告訴過妳的話，說妳一直害怕來確認我的心意是否和妳相同，哪怕是到已經開了口的這一刻都還是害怕著，害怕會不會我們就這樣失去聯絡，可是妳更不願意從來就沒弄懂過我對妳真實的感受。

妳告訴我妳不急著要得到一個回覆，讓我好好想清楚自己對妳的感覺。在這段時間裡，我們就暫時不聊天了，當作緩衝，也或許是當作練習。在訊息的最後，說了熟悉的晚安。

這幾天我反覆讀過那些訊息，早上搭公車通勤的時候看、中午午休的時候看、晚上回到房間一個人的時候看，而有時也不僅僅是來回瀏覽著那十幾則文字，想像著妳該是用什麼樣的心情，又有多少的忐忑才把那些話告訴了我，我也會往前翻著過往的聊天紀錄、看著那些我們交換過的日常而感覺溫暖，努力想辨明那會是怎麼樣的情感，會是喜歡嗎，會是愛嗎？我應該要是最清楚的那個人，可我卻有那麼多的不確定。

幾次覺得自己得出了一個好的答案、想給妳回覆，卻又在下一秒對那個回答充滿質疑，想著如果那樣對妳說了，我真的不會後悔嗎，於是想著想著就什麼話也沒敢開口。這是妳也感受過的焦躁、不安嗎？在等待我的回答時，妳會不會也後悔著自己做了的決定呢？也或許妳一直是比我堅定的人吧，勇敢面對自己的感情，也希望我能勇敢來面對妳、面對自己。

「我到底在幹嘛啊？」半夜三點半，睡不著的我又開始整理房間。小到門口鞋子擺放的角度、是否對齊地板上的格線，大到床套的四邊縫線有沒有對準床墊的四個角、是否拉得平整，我都龜毛地調整、擺正，好像期待著這些事情的完整或完美，能夠延伸到自己生活的其他區塊上。

「叮。」手機傳來聲響。都這個時間點了，誰會傳訊息來啊，正拿著除塵滾輪蹲在地上黏著灰塵的我心想。

『嗨嗨！你在幹嘛啊？怎麼這個時間還沒睡，還在線上？』是

我的大學同學，畢業後到了英國念研究所，之後也在當地順利地找到工作，最近男友還向她求了婚，應該能算是在那裡半定居了的她。

「下班後睡了一覺，結果現在有點睡不著了，索性開始打掃房間。」我回她，順便看了看手機上的世界時鐘，她那裡是晚上八點。

『那我們來聊天吧，反正你也睡不著。打字有點慢，我打電話給你可以嗎？』
我還沒有回答可以，她直接打了過來。

『你心情不好喔？有想逃避的事情？還是感情？』她開門見山地就問了這麼一句，我忍不住笑了出來，回說是在我的生活裡裝了監視器嗎，間接承認了。她說：『以前你每次到了期中期末考、或是感情發生什麼狀況時，你宿舍都會變得特別乾淨，你總說那是為了有好的環境可以靜心讀書或思考，但事實就是

你在逃避做那些事情。』

「有個女生跟我告白了，我不知道要給她什麼樣的回答。」我緩慢地說道：「我們應該算是曖昧滿久，她對我很好、我也一樣。我記得她的生日、記得她說過喜歡的玩偶、記得她喜歡的香味，時不時會送她小禮物、給她驚喜。」

說到這，我停下來思考了一會。

「我可以、我也願意對她好，可是當她明白地說她喜歡我、說想跟我在一起的時候，我卻好像有點退縮了，我不知道自己對她的感覺真的是情侶之間那種喜歡嗎？」調整完衣櫃裡不同顏色衣服的位置，隨後換上新的衣物芳香袋，是妳喜歡的味道。

『你害怕給承諾嗎？其實感覺起來，你們之前的相處已經很接近在一起了啊，好像就差你一句答應而已。』她溫溫地說著。

『從朋友變成情侶，或許沒有現在你想得那麼嚴重或嚴肅，只是關係的名字換了，你們還是原來的那個你們啊。』電話那頭的她，背景有著餐具與餐盤間的接觸聲。

Story

「我知道，可是我就是忍不住去想，如果在一起後，還像是我前一段那樣是不好的結果，該怎麼辦？我一直會怕自己做不好，怕自己滿足不了對方的期待。」我好像永遠不吝嗇花時間去理解、去弄懂自己的真心，卻又同時無法停止質疑。「所以我總是只願意在關係的門口徘徊、不敢往前，想說如果就這樣曖昧下去也沒有不好。」

『你知道你很自私嗎？』她帶著認真的語氣說。

「我……」想為自己說些什麼，卻在說了一個字以後，沉默了十秒左右。「我真的很自私吧。這幾天她在等我的回答，我在不斷地思考到底要給什麼樣的答案，有時候想到很煩、想到只想逃避，心裡居然生起一點對她的埋怨，怨她為什麼要把那些話說出來。」
明明我自己知道，也察覺得到她對我的感情，我卻好像覺得彼此心知肚明就好，她不說，我就能假裝不知道。我也有對她好啊，在心裡我居然這樣為自己開解過。「我是不是……」

『你是！你就是個混蛋！渣男！』我話還沒說完，她就氣憤地說。有人罵我，我還覺得開心。『不過我自己好像也沒好到哪去，我也是害怕給承諾的那個人，我們這應該一起統稱叫做承諾恐懼症吧？』相較於前面的中氣十足，說到這裡的時候她的口吻好像軟弱了下來。

我問她怎麼了嗎，問她是和男友，不，現在是未婚夫，之間發生什麼事情了嗎？

『我答應他的求婚以後，到現在也快三個月了，目前算是訂婚狀態。可能是中間空了這樣一段時間的關係吧，我就會想東想西的。不是說我不想嫁給他了，而是我意識到我們的相處之間還是存在滿多問題，這樣的我們，真的可以經營好一段婚姻嗎？

『因為他平時工作很忙，早上九點出門，晚上十一、二點才能回家。我們可以相處的時間本來就很少，平日幾乎沒有，得要到假日才有時間。可是就算是那樣限縮的時間，他也並不是都

會拿來陪我，他還是有著自己的生活圈與朋友，他也會想要和他們出去玩。他會問我要不要一起去，我通常都會拒絕，因為就不熟，但我也不會對他多做限制。如果我開口和他說，我希望他多陪陪我，他其實是會推掉那些聚會的，可我知道他心裡還是想去。』

「妳想要他花多一點時間陪妳，卻又會覺得開口說就會變了，變得不需要了、不想要了。怕的是那是妳要的，不是他想給的。」我們也提到或許那是他工作性質的關係，比起她平日裡也能擁有自己的社交生活，他擁有的就只是假日裡的那一點時間，她知道她不應該完全佔有他的空檔，可她同樣需要陪伴，情侶間本來就得花時間相處，更別說他們即將踏入的婚姻了。

『如果以後我們有了孩子，我沒有辦法想像我一個人在家帶小孩，然後沒有了自己的生活的樣子，我很怕那就不是我了，而我甚至會拖垮對方。所以我就會想說，會不會就這樣就好，不結婚、不生小孩，就停在訂婚這一步就好……』她的聲音好像

有一點哽咽。

『我也很自私吧。』我好像能想像到世界那頭她努力撐起笑容
的模樣。

「妳只是很愛他而已。」倚著房裡那面藍色的牆、坐在地板上，
我告訴她、好認真地告訴她。

『真的嗎？』

「真的，比我的真心還真。」

『蛤？那好像也沒真到哪去欸，我要哭了。』她笑了出來。

「我 &%&*$# 我才要哭吧！」我也笑了出來。

結束通話的時候已經是四點半了，手機有點發燙。在電話裡忍

不住打了一個哈欠後，她讓我趕快去睡覺，明天還要上班的人，這個時間點還在熬夜。我說不知道是誰打過來的，還好意思講，又開了幾句玩笑以後，就互道了晚安。

九千七百公里的距離、七個小時的時差，我們還是接住了彼此的不安、稍稍撫平了近日各自生活裡起了的褶皺，或許我們沒有對方生命裡問題的完美解答，但是我們永遠會嘗試、會願意去傾聽、去觀察、去幫助彼此。

站在需要做出選擇的交叉路口，我得誠實地面對自己，我的自私、我的軟弱、我的渴望和我的害怕。

我好像總是願意花很多心力去維持一段關係的平穩、甚至在抵達某個標的以前願意是領著關係前進的那個人，卻在即將跨過、即將成為新的關係以前止足不前，比起害怕在那往後的日子裡看見對方的不好，更怕的是看見自己的不好。但其實關係的成為，不需要、也不要求我們在決定要成為的那個瞬間變成

一個多好的自己才有資格，反而是要去相信自己、相信對方，如果確認是喜歡、確認自己也愛，就試著給自己多一點信心。面對感情，沒有完美的時刻、沒有做好百分之百準備的人，有的只是願意牽起彼此的手、願意一起努力看看的兩個人而已。

「叮。」設好鬧鐘準備放下手機的我，看到她傳來的訊息。

『謝謝你今晚聽我說這些，我不知道你會做出什麼決定，可無論如何，我都希望你開心。別想太多啦，你可以多相信自己一點，如果是你的話，一定可以讓對方很幸福的。希望下一次找你聊天，你不會再正在打掃房間了啦。渣男，晚安。』

「謝謝妳打來陪我說話，我大概知道自己想要怎麼做了。妳也是，要過得開心喔，不管是工作還是感情，都希望妳能順順利利的。妳很愛他、他一定也很愛妳的，只要兩個人有愛、有了共識，是要繼續往前、還是暫時停下來休息一下都會是好的。下一次我會擺脫渣男的稱號啦，晚安。」

我已經有答案了，再等我一下。

這一次，我想要相信自己也值得幸福。

把電腦螢幕用專門擦拭布擦過一遍，把檯燈打開，用一旁 75%
酒精消毒雙手，而後兩手交叉以波浪的方式活動手腕處。戴上
耳塞，點開熟悉的軟體，費盡千辛萬苦，終於來到這個全白的、
半個字也沒有的頁面。前天施打疫苗的左手隱隱感覺到痠痛，
但也不是特別嚴重的程度，顯然不是可以拖稿的好理由。

在和編輯說好會乖乖寫新書後記的整整六天後，截稿日的一天
前，我終於打算開始做這件事。

其實，我很好奇你們看完前面所有篇章以後，有什麼感想、有
什麼情緒、又或者只是單純地想起了什麼人。對你們來說，那
樣的感受是自己喜歡的嗎？還是排斥的呢？

於我而言，我寫下這些故事的時候，時間點實然是錯落開的，
每一篇、每一篇都並不是在同一天所寫。一直到了校稿的時候，
才得以一次性地讀過這些文字。神奇的是，經過編排以後，它
們好像達到了另一種程度上的完整。明明是不同時間點所回憶
起、所寫下的東西，那樣的情感此刻卻有了連貫性，有時這一
頁讀到的所感能夠和幾頁前的篇章有所呼應，又有時在一頁之

隔的短暫裡找到相互衝突的感情描寫，可竟也不覺得訝異或突兀，似乎喜歡或愛的本質就該如此矛盾，似乎我們就是這樣。

那時我們說了好多的話，可對於真正重要的那些卻隻字不提。無從坦承的心，才成了反覆呢喃的字。沒說明白的、不曾開口的，就瘀在了字裡行間。

「我把什麼都告訴你」，其實是希望我真的曾經把什麼都告訴了你，沒有可是、沒有除了。

等等，如果後記就結尾在這裡，好像有點太傷感了，接下來和大家分享一下新書製作的「幕後花絮」吧。

這次新書的寫作過程真算得上是幾經波折。當然，波折的不僅僅是我的想法，還有出版社夥伴們的心情。

原先在前兩本書出版過後，我亟欲在第三本書做體裁上的突破，於是想要寫一本小說。只是儘管截稿日期一延再延，我還是一個字也沒寫出來。手機備忘錄裡整理、累積了不少零碎的

劇情描述、聯想詞、對話等等，在腦海裡一直有個故事的雛形，甚至主角的名字、家庭背景、故事開頭都思考過幾遍，卻還是遲遲不能定下故事的主調、大綱。

而這樣來來回回地討論、刪刪減減地寫不出來，居然就也這樣過去了一年的時間，而也在這段我毫無產出的期間裡，一起合作過前兩本書的責編 D 離職了，我彷彿頓時失去了寫作的重心。（沒有啦，我只是為自己偷懶沒寫東西找個理由。）

於是在今年四月底，疫情尚未爆發前，恰巧有一次錄製 Podcast 的合作邀約，在錄製前和副總編以及行銷姊姊 S 有了一場心驚膽跳的午餐約會。我們邊用餐邊討論著我對於新小說的想法，聊了很多根據真人實事改編的故事設定，她們也協助我調整一些關於故事主軸上的小瑕疵。聊著聊著，副總編問了我一句：『那現在你應該快寫完了吧？』接著場面一度安靜，她和 S 用明亮且期待的眼神直直盯著我。我低頭就著吸管喝了口水，順勢迴避了熾熱的眼光，故作鎮定、有些尷尬地笑著說：「呃，那個，其實，我一個字都還沒寫耶。」

如果我沒看錯的話，她們在席間的笑意有那麼瞬間停頓了一下。副總編原先從一旁的包包裡要拿出一張紙，聽完我的話以後，好像遲疑了一下要不要拿出來，最後還是抽出來擺到我面前的桌面上：『這是原先排定好的新書排程，但現在好像……用不上了。』語氣略有落寞。我看了一眼上頭的時間安排，五月中旬完成初稿，九月出版，是個我就算從那天開始不分日夜地寫，都還是趕不上的排程。

『你還是想每年都出一本書嗎？』S問我，我點點頭：「如果可能的話，還是希望一年一本。」但是現在，好像有點難了，我心想。『那不然我們第三本還是寫你目前比較擅長的散文好嗎？想要做突破的話，下一本或下下一本也都還有機會啊。』副總編接著我的話說。我們順著這個話題，討論了若以長短篇散文為主，按照原先排程出版的可能性。而後不到三分鐘的時間，就決定要這樣做了，這時候甚至她們連第四本的小說排程都已經想好。

此外因為時間緊迫的緣故，副總編再次找回已經有過合作經驗、和我們相當有默契的D來擔任這次新書責編，有種又回到

一起做第一本書時的感覺，特別開心。（這段絕對不是 D 逼我寫的，她絕對沒告訴我說可以花 1000 字篇幅感謝編輯。）

午餐會議結束，我們準備步行到附近的 Podcast 錄製場地。當時我提著裝有學姊張西新書《葉有慧》的紙袋走出餐廳，以及那張薄如蟬翼卻又重若千鈞的新書排程表，撐著副總編替我從餐廳借來的愛心傘，笑著，我們都笑著。

我想，那天可以算是皆大歡喜。
畢竟，新書現在真的出了，沒有意外地。

最後來聊點別的事情好了。

你們還記得我第一本書《總在說完晚安後，特別想你》的第一個故事是什麼嗎？「欸，我好想你喔。」用第一句話當作篇名的故事，那通趁著醉意才有勇氣撥出的電話、那句毫無保留的真心、那個問了「我還能夠繼續喜歡你嗎」的傻女孩，你們還記得嗎？

偷偷跟你們說，她後來發生的故事，也在這次的新書裡頭。

很巧的是，就在前幾天我苦惱著後記要寫些什麼才好的時候，她傳來訊息，說了一句：『他交女友了。』她告訴我，這一次她好像真的失戀了，她不再能抱有期待地去關心他，她再也不能繼續喜歡他了。其實早就沒了當初告白時那種傷心的感覺，過了那個最難過的時間點，現在反而能夠很真心地祝福，是真的希望自己深深喜歡過、深深愛過的那個人可以幸福。

『真的好可惜，可是也真的好開心。』又哭又笑的模樣啊，那都是矛盾卻又踏實的真心啊。

看過、聽過、經歷過、回憶過許多日子，寫了三本書，於是慢慢懂得：「故事的裡外，都是人生。」

 2021.08.30

國家圖書館出版品預行編目資料

我把什麼都告訴你，除了喜歡你 / 知
寒作 . -- 初版 . -- 臺北市：三采文化
股份有限公司 , 2021.10
　　面；　公分 . -- (愛寫；51)
ISBN 978-957-658-607-1(平裝)

863.55　　　　　　110010541

◎封面圖片提供：
Anastasia Shkilnyk ／ Shutterstock.com

suncolor
三采文化集團

愛寫 51

我把什麼都告訴你，除了喜歡你

作者｜知寒
副總編輯｜王曉雯　　執行編輯｜徐敬雅、黃迺淳　　校對｜周貝桂
美術主編｜藍秀婷　　封面設計｜高郁雯　　內頁設計｜高郁雯　　內頁編排｜Claire Wei
專案經理｜張育珊　　行銷企劃｜陳穎姿

發行人｜張輝明　　總編輯｜曾雅青　　發行所｜三采文化股份有限公司
地址｜台北市內湖區瑞光路 513 巷 33 號 8 樓
傳訊｜TEL:8797-1234　FAX:8797-1688　　網址｜www.suncolor.com.tw
郵政劃撥｜帳號：14319060　　戶名：三采文化股份有限公司
本版發行｜2021 年 10 月 29 日　定價｜NT$380